悪の愛犬

AOI MIYAO
宮緒葵

CHOCOLAT BUNKO

ILLUSTRATION 石田惠美

CONTENTS

『三《スリー》、二《ツー》、一《ワン》、……開始《ファイア》！』

合成ボイスが告げると、目の前の景色は市街地に切り替わった。ビルの陰から飛び出してきた迷彩服姿の兵士に、霜月日秋《しもつきはるあき》は自動拳銃の銃口を向ける。

眉間に銃弾を受けた兵士が倒れるのを見届ける間も無く、巨大なトラッシュボックスに発砲する。銃弾は薄いプラスチックを貫通し、背後にひそんでいた兵士の脇腹に命中した。

『ぐおっ…』

……これで、残りは八発か。

ぐん、と景色が前進し、今度は前方から二人が突進してきた。うち一人は小脇に泣き叫ぶ小さな女の子を抱えている。人質だ。

唇を噛むと、ビルの谷間を強い風が吹き抜けた。金具が錆《さ》びていたのか、頭上の看板がぐらぐらと揺れる。

ドォンッ！

日秋がとっさに放った銃弾は看板の金具を破壊した。つかの間、真下を駆け抜けようとしていた兵士たちは落下してくる看板に気を取られる。

日秋はその隙に距離を詰め、女の子を抱えた兵士のみぞおちに拳を叩き込んだ。激痛にうめく兵士から女の子を奪い、さらに足払いをかけると、女の子に覆いかぶさるようにして地面に伏せる。

ぎゅんっ、と頭上すれすれをかすめていった銃弾は、もう一人の兵士が放ったものだ。あと少し伏せるのが遅かったら、ヘッドショット判定を喰らってゲームオーバーになるところだった。

「…あ、ああっ、危ねえっ…」

狼狽《ろうばい》しきった悲鳴は聞かなかったことにして、伏せたままもう一人の兵士を撃《う》つ。うまく照準《エイム》は合わせられなかったが、幸運にも首の付け根に当たったおかげで倒すことに成功した。ミッションクリア扱いになったのか、起き上がろうとしていたもう一人も無数の光の粒になって消えていく。

『ありがとう、おにいちゃん！』

守り切った女の子が笑顔で手を振りながら駆け去った。本物の人間ではないとわかっていても嬉しいものだ。日秋も小さく手を振り返し、次のエリアへ進む。くいくい、とシャツの裾を引っ張る感覚はもちろん無視して。

次のエリアには巨大なビルがそびえていた。

反政府組織に制圧された市街地を解放せよ、というミッションなので、たぶん行政の庁舎…市役所か何かだろう。入り口にはバリケードが築かれ、サブマシンガンで武装した兵士たちが立ちはだかる。その人数は、遠くから目視出来ただけでも十人。

対して日秋の残り弾数は六発。一人ずつ仕留めていくには足りない。だが弾数補充アイテムが支給されないということは、拳銃以外で兵士たちを無力化する方法があるということだ。

じっと目を凝《こ》らせば、バリケードの数メートル左の方向にオイルタンクが設置されている。あれを撃ち、うまく爆発に巻き込めたら一気に兵士たちの数を減らせる。

だがこの初期位置からでは、拳銃の弾はオイルタンクまで届かない。兵士たちに勘付かれないよう、少し前に出る必要がある。

日秋は息を殺し、そっと足を進めた。足音も殺したつもりだったが、運悪くバリケードを離れた兵士と目が合ってしまう。……まずい！

『敵だ！』

兵士が叫び、サブマシンガンを構えた。こうなったら他の兵士が駆け付ける前にこの兵士を仕留め、どこかに身を潜めなければならない。

覚悟を決めた日秋が引き金を引こうとした瞬間――。

「あああっ、もう、見てられねえ！」

髪を振り乱しながら、烈《れつ》が背後から躍り出た。生命力に満ちた青灰色《せいかいしょく》の瞳の輝きに、日秋は一瞬目を奪われる。

烈の武器は日秋のものより一回り口径の大きいリボルバー式の大型拳銃だ。至近距離で撃てば熊も仕留められる。対人戦でも圧倒的な威力を発揮するが、日秋の筋力では実戦レベルで扱えないとシステムＡＩに判断されたため、選択出来なかった。

「烈!?　お前っ……」

「おらおらおらおらああああっ！　俺の日秋に近付くんじゃねえ！」

烈は強烈な反動をものともせずに大型拳銃を連射する。日秋を狙っていた兵士も、バリケードを守っていた兵士たちも次々と倒れていった。だがそこでミッションクリアにはならない。銃声を聞き付けた兵士たちが庁舎の中から群れを成して突進してくる。

「俺の日秋に近付くな、って言ってんだろ！」

咆哮《ほうこう》に呼応するように、大型拳銃が火を噴いた。

先頭の兵士たちが二人同時に左胸から血を流して倒れる。一人目を貫通した銃弾が、二人目の心臓も射貫いたのだ。初めて見る『Ｄｏｕｂｌｅ　ｋｉｌｌ』のスコアが燦然《さんぜん》と空中に表示される。

大型拳銃は間も無く弾切れを迎えたが、そこからが烈の独擅場だった。

バリケードの資材を投げ付け、壁や天井を足場代わりに疾風《しっぷう》のごとく跳躍し、必殺の拳や蹴りを兵士たちに叩き込んでいく。常人には不可能な動きに、一般的な能力しかインストールされていない兵士は翻弄される一方だ。

『――敵性勢力の全滅を確認』

「よおっしゃあああ！」

やがて合成ボイスが告げると、烈は勢いよく拳を突き上げた。

どう、どう？　俺、すごいだろ？　と言いたげに視線を投げかけてくるが、誉めてやる気にはなれない。何故なら。

『登録メンバー以外の参加を確認しました。ルール違反によりミッションクリアは認められません。トレーニングを終了します』

「へっ……？」

ブウウウン、とかすかな振動と共に景色が移り変わっていく。烈に破壊され尽くした市庁舎から、一面白く塗られたトレーニングルームへ。

反政府組織の兵士たちも支配された街も、中央に設置されたトレーニングマシンが映し出していた立体映像に過ぎない。日秋と烈が持つ拳銃さえも。

「……何で？」

呆然と立ち尽くす烈に、日秋は溜息を吐いた。

「当たり前だろ。ミッション参加メンバーとして登録されていたのは僕だけだったのに、お前が申請もせず飛び入り参加したんだから」

「だ、だって日秋が俺以外の奴らに囲まれるところだったんだぞ!?　そんなの、見過ごせるわけねえだろ！」

「絶対に邪魔はしないから、トレーニングに立ち会わせて欲しいと言ったのはどこのどいつだ？」

じろりと睨んでやれば、烈はしゅんと項垂《うなだ》れた。

だがすぐに復活し、日秋の手を握り締める。無骨な拳銃の感触を拭い取るように。熱のこもった青灰色の瞳は、昨夜もさんざんベッドで貪《むさぼ》られた記憶を呼び覚ます。

「…なあ、あんたがこんな訓練する必要なんてねえだろ。あんたにはこの俺が居るんだ。いやらしい奴には指一本触れさせやしねえよ」

「…いやらしい奴？」

握られた手に目を向けると、烈はニッと笑った。日秋の手を引き寄せ、ちゅっと音をたてて口付ける。

「もちろん俺は例外だろ。なんてったって俺はあんたの可愛い可愛いイヌで、恋人なんだからな」

「いやらしいのは否定しないのか…」

「今のあんたを見てそそられなけりゃオスじゃねえよ。ただでさえ美人なのに、ますます綺麗になりやがって」

恨みがましく言い、烈は日秋の額に指先で触れる。

母親譲りの目立つ華やかな顔立ちを隠すため、以前は前髪を長く伸ばしていたが、その必要がなくなったので短く整えたのだ。周囲の人々は皆よく似合うと誉めてくれるのに、唯一不満たらたらなのがこの男である。

「あんたが綺麗なのは俺だけが知ってればいいんだ。この大きくて吸い込まれちまいそうな澄んだ目も、つんと高い鼻も、かぶりつきたくなるふわふわのほっぺたも、ぐっちゃぐちゃになるまで喰らってやりたくなる唇も、全部全部俺だけに見えればいい」

「…それは仮面でもかぶらなきゃ無理じゃないか？」

「いっそ、そうしてやりてえよ。…でもそんなことしたら日秋に怒られちまうし、俺も日秋の顔を見られなくなるし…」

ぶつぶつ呟きながら悩んでいる烈こそ、日に日に魅力を増していっていると思う。

複雑に混ざる血のせいで年上に見られがちだが、まだ二十歳だ。彫りの深い顔からは凶悪さが少しずつ薄れ、代わりに端整さと雄の自信が表に出てきている。鋼《はがね》の肉体はますます鍛え上げられ、普段着のシャツの上からも見事な肉体美が窺えた。あと二、三年も経てば、完全無欠の色男に成長するだろう。

「……いいことを考え付いたぜ！」

考え込んでいた烈が急に顔を上げた。経験上、烈の『いいこと』はたいてい日秋にとっての『ろくでもないこと』なので聞きたくないのだが、きらきら輝く瞳に催促され、日秋は重い口を開く。

「いいことって、何だ？」

「日秋がここから一歩も出なけりゃいいんだ！　会うのは俺だけ、話すのも俺だけ、見るのも俺だけ、あんたの中に入ってぐっちょぐちょにしてやるのも俺だけ。それなら仮面なんてかぶらなくても…いっそ素っ裸でも…」

やっぱりろくでもないことだった。日秋はわずかに痛んできたこめかみを押さえる。

「今でも、わりとそれに近い生活をしていると思うんだが…？」

「いいとこを邪魔しに来る奴らが居るじゃねえか。…俺はあんたを俺だけのものにしたい。あんたの一番奥にコレをずっぽり嵌めてやって、一日じゅう腰を振っていてえんだ」

「…あ、…っ…」

ぐいと腰を抱き寄せられ、烈の股間を押し当てられる。空が白むまで抱き合い、ようやく解放されたのはほんの数時間前なのに、日秋の腹を執拗に犯していた雄は熱を孕《はら》んでいる。

……あんなにやったのに、もう？

初めてまぐわった時から日秋をおののかせた欲望は、夜毎肌を重ねるようになって落ち着くどころか、日増しに強くなっていく。烈の用意した隠れ家――烈の巣穴に連れ込まれ、烈以外には数少ない仲間たちとしか会わず、交わらない日は無いのに、まだ足りないというのか。

「昼飯の前に一度、……いいだろ？」

「そ、…んなこと言って、お前…、絶対に一度じゃ終わらないだろ…」

筋肉の盛り上がった胸を押し返そうとしたら、左手首を捕られ、薬指にねっとりと舌を這わされた。

かつて烈をつなぐ鎖代わりのマスターデバイスがあったそこには、今はシンプルなプラチナの指輪が嵌められている。思いを通じ合わせた日、烈から贈られたものだ。マスターデバイスと違い何の仕込みも無い純粋なアクセサリーだが、ぴったり肌に吸い付く感覚は烈の手を思わせる。

「あんたが俺以外の奴らに囲まれてたのが悪い。せっかく腹ん中から俺の匂いを擦り込んでおいてやったのに、消えちまったじゃねえか」

「お前以外のって…、あれ、立体映像だぞ…」

「立体映像だろうと本物の人間だろうと、あんたに近寄る奴らは俺の敵だ。…日秋…、俺の可愛いご主人様…」

青灰色の瞳が情欲に潤む。背中を撫で下ろしていった手が尻たぶをいやらしく揉み込んだ。尻のあわいを長い指になぞられるたび、思い通りになるものかと強張っていた身体から力が抜けていく。

「……あんたの中、入らせてくれるだろ?」

「あ、…っ、れ、…烈…」

「最高に柔らかくてきつい肉で俺を頬張って、いい子いい子して、一番奥に濃い精液をぶっかけさせてくれるよな？」

「…う…っ、…んんっ……」

布地越しに蕾を突かれ、びくんびくんと背筋が跳ねる。

都合よくそれを了承と判断し、烈は日秋を軽々と抱き上げた。トレーニングルームを出て、向かうのはもちろん寝室だ。

「日秋、日秋っ……、好きだ。あんただけが好きだ……」

もう待てないとばかりに覆いかぶさってくる烈の瞳に、頬を上気させた自分が映っている。烈にしか見せない、欲望に蕩《とろ》けた表情。

「……僕も……」

好き、と囁いた瞬間、日秋の唇は燃えるように熱い烈のそれにふさがれていた。


西暦二千年代初頭から各地で勃発した紛争は世界を混沌の渦に巻き込み、百年ほどが経った今は混沌こそが日常と化していた。

世界地図は毎日のように塗り替えられ、増える一方の難民を受け容れる余裕のある国などもはや存在しない。国連はまともに機能せず、どこも自国の治安を保つのが精いっぱいで、それすら叶わず消滅していく国も珍しくはなかった。

日本は亡国こそ免《まぬが》れたものの、治安大国と謳《うた》われたかつての面影《おもかげ》を失って久しい。流れ込む違法難民や大規模犯罪グループ、拡大する貧富の格差。いくつもの病巣《びょうそう》は後手後手の政策では治癒しきれない。

下がり続けていた犯罪検挙率は、十年ほど前、突如上昇へ転じる。国民は警視庁の目覚ましい活躍に喝采《かっさい》を贈り、その原因に多大な興味を抱いた。警察官志望者が一気に三割増しになったほどだ。

だが半年前、警察学校を卒業した日秋が二十三歳で警察官になったのは、検挙率アップの原因を知りたかったからではない。

日秋の父、俊克《としかつ》もまた警察官だった。と言っても犯罪捜査には関わらず、警視庁内のサーバー構築や管理を任された優秀なエンジニアである。

なのに十年前、俊克は悪名高い世界的テロリスト『アグレッサー』の起こしたショッピングモール爆破事件に巻き込まれ、殉職してしまった。

現場に出たことの無かった父があの時に限って何故出動させられたのか。アグレッサーは何故、ショッピングモールを爆破したのか。その謎を解くため、日秋は俊克から譲り受けた才能を駆使し、ハッカー『イレブン』として警視庁をはじめとする行政組織や大企業のサーバーを探っていたのだ。俊克亡き後、日秋を引き取ってくれた養父、北浦正義《きたうらまさよし》にも秘密で。

北浦は俊克と同じ警察官であり、幼馴染みの親友でもあった。民間企業で働いていた俊克を警視庁に引き抜いたのも北浦だ。

名前の通り正義感が強く、犯罪を心から憎む熱血漢——少なくとも当時の日秋はそう信じていた。恩人の北浦が日秋にも警察官になって欲しいと望むなら、従わないわけにはいかない。

北浦の計らいにより、日秋は新人でありながら本庁の公安部に配属される予定だった。しかし初出勤の日、護送車の襲撃事件に遭遇したことから運命は激変する。護送車を襲った犯人こそ、父を殺した男…アグレッサーこと海市《かいし》烈だったのだ。

アグレッサー。何度死刑になっても足りないほどの罪を犯し、主要先進国のほとんどから指名手配されながら、長きにわたり逃げおおせていた凶悪犯罪者。侵略者《アグレッサー》の二つ名に相応しい理不尽なまでの暴力の前では、最新の捜査システムもネットワークも役に立たない。

そのアグレッサーが、まさか日本の警視庁に逮捕されるなんて。

驚きはそれだけでは終わらなかった。

日秋はその後北浦と共に極秘で警視総監に呼び出され、重大な秘密を明かされたのだ。

何と警視庁には公にされていない部署——公安五課が存在する。そして五課では逮捕された死刑相当の凶悪犯罪者のうち、特に知能や身体能力に優れた者にパニッシュメントと呼ばれる特殊な制御系ナノマシンを投与するのだ。

スレイブと呼ばれる彼らは、行動を制限される代わりに身体能力が飛躍的に上がる。五課所属の警察官は指輪型のマスターデバイスを装着し、マスターとしてスレイブを犯罪捜査のために使役する。逆らえば首に嵌められた首輪型爆弾が爆発するから、スレイブはマスターに絶対服従だ。

マスターデバイスとパニッシュメントをつなげるリンクプログラム…criminal hound ability intension――通称Ｃｈａｉｎ《チェイン》。それを完成させたのが亡き父俊克だと聞かされた時は信じられなかった。法も人権も無視した非道なツールを、あの温厚で優しかった父が生み出したなんて。

刑死したことになっているスレイブたちは、公的には存在しないがゆえにいかなる法の束縛も保護も受けない。どんなに危険な現場に突入させ、最悪死亡させてもマスターたる警察官や警視庁が責任を追及されることも無い。ここ十年の検挙率のアップは、スレイブの導入――マスターからイヌと呼ばれる彼らの犠牲によるものだったのである。

逮捕されたアグレッサー…烈をスレイブとし、日秋をそのマスターに任命する。そう告げたのは同席していた五課の課長、佐瀬《させ》だった。むろん北浦は反対したし、日秋も断固拒否したかったが、警視総監直々の命令を断れるはずもない。日秋は公安五課に所属の警部補であると同時に、烈のマスターになった。

その日から、停滞していた日秋の時間は怒濤《どとう》のごとく進み始めた。父を殺した男、烈によって。

烈は日秋に対する熱烈な好意を隠そうともせず、日秋のイヌであることに喜びと誇りさえ抱いているようだった。スレイブになったのも、日秋のイヌになりたいと自ら望んだことだったという。

何故そこまで思われているのかわからないまま、日秋は五課の刑事として、烈と共に犯罪捜査に加わった。警察学校で習った知識や常識を根底から否定され続け、ぐらつく心を支えてくれたのは烈だ。

父の仇《かたき》の凶悪犯罪者。残虐非道な男に違いないと思い込んでいた烈は、日秋のために泣き、喜び、日秋にほんの少し関心を向けられるだけで無邪気にはしゃぐ、子どものような男だった。

だが背負った過去は重く、暗い。

烈は日本人の母親と難民の父の間に生まれ、スラム街に捨てられた子どもだった。同じように捨てられた子どもたちが次々と野垂れ死んでいく中、強靭《きょうじん》な肉体とカリスマで生き延び、孤児たちのリーダー的存在になっていたのである。

ある日、スラム街に現れた謎の集団により、烈は仲間たちと共に捕らわれた。連れて行かれた先はアムリタの研究施設だ。

医療機器を扱う小企業だったアムリタは、医療系ナノマシンの開発により世界的シェアを誇る大企業に成長を遂げた。その資産総額は、創業の地であるヨーロッパの小国の国家予算をはるかに上回るという。

しかし烈が連れ込まれた施設で研究されていたのは、日秋も投与されている免疫向上系の医療用ナノマシンでも、肉体の若さを保つ美容ナノマシンでもなかった。軍事転用の危険性が高く、人体を構造から造り替えてしまうため、あらゆる国家の法律によって禁じられた人体強化用ナノマシンだ。戸籍も身寄りも無いスラムの子どもたちは、違法な研究に手を染めたアムリタにとって格好の被験体だったのである。

実験的に投与された人体強化用ナノマシンによって、さらわれた子どもたちは次々と死んでいった。ナノマシンのもたらす急激な肉体の変化に耐えられずに。

唯一、適応出来たのが烈だった。侵略者《アグレッサー》と呼ばれるほどの人間離れした身体能力は、アムリタの非人道的な研究によってもたらされたものだったのだ。研究者いわく、烈の持つ遺伝子のどれかがナノマシンに適合したらしい。突き詰めて研究していけば、烈以外の誰にでも使用可能な人体強化用ナノマシンが誕生するだろうと。

そんな未来も、実験体のまま飼われるのもまっぴらだった烈は研究所を破壊し、脱出を果たした。アグレッサーの犯行の始まりだ。

それから烈は人体強化用ナノマシンに関わるアムリタの拠点や関連企業の施設を破壊し

て回っていき、テロリスト・アグレッサーとして国際手配されるに至った。

『――日秋。俺はあんたの父さんを殺していない』

最初は信じられなかった。烈の言葉も、アグレッサーが凶悪犯罪者ではなくアムリタの野望を阻止する正義の戦士であることも。

全て真実だったと判明したのは、烈と共にアムリタの研究所へ拉致《らち》された時だった。

そこで日秋は衝撃的な事実を知らされる。父の死の真相――父はアグレッサーに殺されたのではなかった。アグレッサーの起こしたテロに巻き込まれたと見せかけ、この研究所にさらわれていたのだ。

その黒幕こそが北浦だった。

北浦は佐瀬と共に十年前からアムリタとつながっており、Ｃｈａｉｎの技術をひそかに横流ししていた。父は犯罪被害に苦しむ人々を救いたい、そのために凶悪犯罪者を捜査に使いたいと熱望する北浦に絆《ほだ》され、Ｃｈａｉｎを開発したのに。

アムリタは北浦のデータをもとに研究を重ね、パニッシュメントを生み出した。北浦はスレイブ導入によりノンキャリアではありえない昇進を重ねたが、心優しい父は自分の作り出したシステムがスレイブたちを死に追いやっていることに耐えられなかった。

真実をマスコミと公安委員会に告発する。そう判断した父を、北浦は殉職に見せかけてこの研究所へ拉致し、コールドスリープのカプセルに閉じ込めた。口封じも兼ね、俊克の優秀な頭脳をスレイブ制御用の生体サーバーとして用いるために。日秋を育ててくれたのは愛情でも友情でもなく、俊克に対する人質だったのだ。

さらに北浦は、限界が近付きつつある父の『後継機』として日秋に目を付けていた。だがその陰謀は怒り狂った烈と日秋の活躍によって打ち砕かれ、スレイブの真実も白日の下にさらされたのである。

濡れ衣の晴れた烈の思いを、日秋は受け容れた。身体はその前にご褒美《ほうび》と称して与えさせられていたし、父が亡くなった直後からひそかに見守られていたという事実や実は年下だったことには少々引いてしまったが、もはや烈の居ない人生など考えられなかった。

知らない間に、日秋の心はすっかり侵略されていたらしい。

逮捕された研究員たちは違法な人体実験を認めたが、アムリタ本社はあくまで研究員たちの暴走だと主張し、関与を否定した。

警視庁によるスレイブの使役が社会を激震させたにもかかわらず、そこにアムリタの研究所が絡んでいることはほとんど報道されなかった。不自然なほどに。アムリタ本社が手を回したと見ていいだろう。

烈の仲間やスレイブ、被験体たち。数多《あまた》の人々を犠牲にした人体強化用ナノマシンの研究は、未だに続けられている。

日秋はアムリタを壊滅させたい。本体ごと潰さない限り、アムリタは唯一の成功例である烈の身柄も、俊克の後継機である日秋も諦めないはずだから。Ｃｈａｉｎによって人生を変えられてしまった人々を救うのは、きっと亡き父の望みでもある。

警察を辞めた日秋はこの半年、アムリタの動向を窺いながら、烈が世界各地に持つ隠れ家を転々としている。

今滞在しているのは中央アジア内陸、イレクスタン共和国の首都にある小さな邸《やしき》だ。小さいというのは烈の表現であって、日本で生まれ育った日秋からすればじゅうぶん大きいのだが、発展途上のイレクスタンには外国人の富裕層が建てた豪華な邸が点在している。このくらいの方がかえって目立たない、というのが烈の言い分だった。

イレクスタンは大陸最大の連邦国から独立してわずか二十年余りの新興国だ。国際的な知名度も地位も低いこの国に滞在しているのには、もちろん理由がある。

「ただ今帰りました、マスター」

まだ喰い足りないと縋り付く烈をベッドから叩き出して着替え、リビングでニュースのチェックをしていると、琥珀《こはく》色の瞳の青年が現れた。

日本ならアイドルにもなれそうな美形だが、元は詐欺師であり、五課の元同僚に使役されていたスレイブである。名はアンバー。ちゃんとした本名もあるが、あまり好きではないのでこちらで呼んで欲しいと言われている。

「……戻った」

アンバーの隣でぼそりと告げる小山のような巨漢、弐号《にごう》もまた元スレイブだ。凄腕の傭兵《ようへい》だったのだが、その身体能力に目を付けられ、冤罪をでっち上げられてスレイブに堕とされてしまった。こちらも本名ではなく弐号と呼ばれたいと言うので、そうしている。

二人の首にもう首輪型爆弾は無い。パニッシュメントは取り出されていないが、日秋が亡き父の導きにより停止コードを実行したため、Ｃｈａｉｎによって支配される恐れも無い。それはアムリタに捕らわれ、操られていた多くのスレイブ兵士たちも同じだ。

だが自由になったはずの彼らは自ら日秋をマスターと定め、従うことを選んだ。

スレイブに命令するには、そのスレイブ用のマスターデバイスに登録されていなければならないのだが、日秋は何故か五課に配属された直後から烈以外のスレイブも従えることが出来た。生みの親の実子である日秋を、Ｃｈａｉｎが上位者と判断していたせいだとわかったのは警察官を辞めた後のことだ。

Ｃｈａｉｎが停止されても、長い間その支配下にあったアンバーや弐号たちから影響は抜けきらなかった。心身が過酷な状況に慣れてしまい、日秋に従わずにはいられなくなったのだろう。

彼らもまた父の遺産の犠牲者だと思うと拒めず、日秋は彼らの忠誠心を受け取った。烈は最後まで反対していたし、今でも彼らを忌み嫌っているが、スレイブにされるほどの逸材ならアムリタ打倒にはきっと役立ってくれる。

日秋の期待に、アンバーと弐号はよく応えてくれた。元詐欺師のアンバーは変幻自在の容姿と社交性を駆使して情報収集を担当し、元傭兵の弐号はスレイブ兵士たちの纏め役として実戦部隊を率いた。その実力はイレクスタンでも発揮されている。

「お帰り、アンバー、弐号。無事で良かった。今、お茶でも…」

「自分で用意しますので大丈夫です。どうぞお構い無く」

ソファから立ち上がろうとした日秋を、アンバーは笑顔で止める。

よし、と頷いたのはソファ…ではなく、日秋を膝に乗せた烈だ。何度降りてもしつこく乗せられてしまうので、諦めてソファ代わりにしていた。

「…烈、お前もねぎらいの言葉くらいかけろ。アンバーと弐号はネストルを探って来てくれたんだぞ」

「何でねぎらってやらなきゃならねえんだよ。そいつらは日秋の下僕なんだから、それくらい当然だろ」

烈は唇を尖らせる。烈にとってイヌと下僕には明確な違いがあるらしく、日秋のイヌは自分だけだと主張して譲らない。

序列としては日秋、イヌ、下僕の順だ。常に日秋の傍に居て日秋に可愛がられるイヌの方が偉い、という謎の理論である。イヌとは元々、スレイブを示す五課内の隠語だったのだが。

「構いません、マスター。アグレッサーにねぎらわれたりしたら、明日はどしゃ降りになりそうですからね」

アンバーは苦笑し、備え付けのコーヒーマシンでカフェラテを淹れると、向かい側のソファに腰を下ろした。無言で隣に座った弐号はミネラルウォーターだ。渋くごつい容姿とは裏腹に、カフェインのたぐいが苦手なのである。ついでに猫舌だ。

「…それで、ネストルはどうだった？」

さっそく日秋が尋ねると、アンバーは眉宇《びう》を曇らせた。

「職員の家族や関係者の集まりそうな場所を当たってみましたが、内部の情報は全くと言っていいほど掴めません。相当厳しい緘口令《かんこうれい》が敷かれているものかと」

「職員本人だけじゃなく、家族にまでか…。弐号は？」

隙あらば胸や股間に触れようとする不埒《ふらち》な手をつねりながら視線を向ければ、弐号は首を振った。痛っ、という嬉しそうな悲鳴は聞かなかったことにする。

「警備にはイレクスタン軍と、傭兵が当たっているようだ。…だが伝手《つて》をたどっても、傭兵のプロフィールまでは手に入らなかった」

あらゆる情報がネットワーク化された時代においても、人間同士の生のつながりは侮れない。ネットの海には絶対に漂わない情報を拾えることもある。特殊な職業なら尚更。

意外に面倒見のいい弐号は傭兵の知己《ちき》も多いので当たってみてもらったのだが、スレイブにされていた間のブランクは大きかったようだ。

「アムリタとのつながりはわからずじまいか…。軍まで出て来るとは、イレクスタンは情報漏洩《ろうえい》に相当神経を注いでいるみたいだな」

「アメリカの生物工学の権威を引き抜いてまで設立した、大統領肝入りの研究所ですからね。あんな事件の起きた後では、警戒も厳しくなるでしょう」

アンバーの隣で弐号も頷く。シャツの中に忍び込もうとした手を弾かれた烈が、苛々と前髪をかき上げた。

「まどろっこしいな…。ネストルが怪しいのは決まりなんだろ？　だったらいっそ跡形も無くぶっ潰しちまえばいいじゃねえか。そうすりゃ偽者だって何も出来なくなる」

「そういうわけにはいかないよ、烈。まだ偽者については何もわかっていないんだ。偽者が襲撃に来るまで、ネストルには無事でいてもらわなくちゃならない」

「…くそ、偽者の奴、面倒くさいことばっかしやがって…見付けたらめちゃくちゃのぎったぎたにしてやる」

烈が敵意を露わにするのも無理は無い。ここ一ヶ月ほど、世界はアグレッサーの逆襲に騒然としているのだから。

きっかけは一ヶ月前の報道だった。日秋たちが目星を付けていたアムリタの施設を、アグレッサーが破壊したというのだ。

このご時世、テロリストは掃いて捨てるほど存在する。だがわずか三十分足らずの間に最新の警備システムに守られた施設を破壊し尽くし、警備員も研究員も軒並み惨殺してのけたその手口はアグレッサー以外にありえないと、各国の捜査機関は分析した。

アグレッサーこと烈は日本の警視庁に逮捕され、迅速に死刑が執行されたことになっていたが、元五課による非人道的なスレイブ活用が明るみに出たこと、そして今回の一件により、別人が誤認逮捕されたに違いないと諸国は考えるようになった。

むろん警視庁は否定した。しかしあれほどの不祥事を起こした警視庁の言い分が信用されるはずもない。インターポール《ICPO》はアグレッサーが存命中だと判断し、国際指名手配犯リストに復活させたのである。

その後もアグレッサーによる犯行は続いた。次々と破壊されていったのは、いずれも生物工学を研究する施設ばかりだ。アムリタの関連施設も交じってはいるが、アムリタとは何のつながりも無い施設も多い。

スレイブ制御に使われていたナノマシン、パニッシュメントは生物工学の分野にも含まれる。

己の偽者をスレイブにされたことで怒り狂ったアグレッサーによる逆襲なのではないか。各国はそう分析したが、本物のアグレッサー……烈は常に日秋の傍に居る。悪さをするのはおおむねベッドの中くらいで、勝手な行動も取ってはいない。

ならばいったい、今世間を騒がせているアグレッサーは何者なのか？

考える間にもアグレッサーは犯行を重ねていく。

破壊された研究施設はわずか一ヶ月の間に四つ。イーノック・ライトマイヤー研究所、ロレンツィ研究センター、エンシナル国立研究所、フォルクマンバイオラボ。いずれも生物工学の分野では名の知れた研究施設だが、経営者も出資者も研究対象もばらばらで、これといった共通点が見付からない。

日秋は悩み、そして気付いた。研究施設の頭文字を破壊された順に並べていくと、『ｅｌｅｖ』になることに。

……まさか？

五件目の事件が起きたのは、嫌な予感を覚えた直後だった。今度破壊されたのはフランスのエテュアン研究所。頭文字は『ｅ』だ。今までに破壊された研究所の頭文字につなげると、『ｅｌｅｖｅ』となる。もしも次に破壊される研究所の頭文字が『ｎ』なら『ｅｌｅｖｅ n』——『イレブン』。ハッカーとしての日秋を示す言葉だ。

日秋がアグレッサーのマスターになったことは、おそらく北浦か佐瀬を通じてアムリタに漏洩しているだろう。『イレブン』の正体は可能な限り隠してきたつもりだが、アムリタなら…いや、アムリタの創立者にして総帥《そうすい》たるアウグスティンなら察しをつけていてもおかしくはない。

アウグスティン・ローゼンミュラー。ヨーロッパの小国、エーデルシュタイン公国に生まれた彼は天才的な知能の持ち主であり、十代にしてナノマシン研究に才能を発揮した。現代では日秋をはじめ、ある程度の富裕層なら必ず投与する医療用ナノマシンの性能を飛躍的に上昇させ、女性たちの垂涎《すいぜん》の的である美容ナノマシンを開発したのもアウグスティンである。

だがアウグスティンは不幸にも、進行性石化症——通称『メドゥサ病』を発症してしまった。肉体が少しずつ石化していく難病だ。医療が発展した現代においても有効な治療手段は確立していない。

アウグスティンは自分を、ひいては同じ病に苦しむ人々を救うためにアムリタを創設したのだ。それが烈をはじめ、多くの人々を苦しめることになったのは皮肉としか言いようが無い。

アムリタが公開している情報によれば、現在、三十三歳になったアウグスティンの肉体は五割ほどが石化してしまっているらしい。

だがメドゥサ病は視力や聴力、内臓機能や知能などには影響を及ぼさないため、病床から経営や研究の指揮を取っているという。つまりパニッシュメントを作り上げたのも、最終的にはアウグスティンということになる。

アムリタはアウグスティンの独裁組織だ。本拠地エーデルシュタイン公国はこれといった産業も資源も無く、観光で細々と食いつないできたいわゆるミニ国家だが、アムリタが創業されてから状況は一変する。

アムリタの納める莫大な税金により国庫は先進国並みに潤い、国民はアムリタ関連施設で職を得られるようになった。世界規模で不安定な情勢が続く今、ヨーロッパで最も安全かつ裕福な国に変貌を遂げたのだ。

そのため元首であるエーデルシュタイン公爵はアムリタとアウグスティンに最大の便宜《べんぎ》を図り、数々の違法行為にも目をつむっている。スレイブの一件についても、エーデルシュタイン公国では一切報道されていない。

今や公国の実質的な君主はアウグスティンだと囁かれるほどだ。それほどの男なら、わずかな手がかりから日秋と『イレブン』を結び付けられるかもしれない。

アウグスティンが本物のアグレッサーと『イレブン』が行動を共にしていると勘付き、偽アグレッサーを暴れさせることでおびき寄せようとしたのなら？

破壊された研究所――『ｅｌｅｖｅｎ』は、日秋に対するメッセージに他ならない。止められるものなら止めてみろと挑発しているのだ。もちろん日秋たちがのこのこ姿を現わせば、その瞬間捕らえるつもりだろう。

日秋の推測が正しければ、次に狙われるのは頭文字が『ｎ』の生物工学研究所だ。その条件に当てはまるのが、イレクスタン共和国のネストル生物工学研究所だったのである。

偽アグレッサーに襲われる前にと、日秋たちはイレクスタンに飛んだ。そして烈の隠れ家にひそみ、ネストルについて探り始めたのが三日前のことだ。

幸い、まだ偽アグレッサーはネストルを襲撃していない。襲われる前に警備システムや内部情報を可能な限り調べ、襲撃の瞬間に居合わせたいのだが、有力な情報は掴めなかった。

「…やっぱり、僕がダイブするしかなさそうだな」

「駄目だ！」

呟いたとたん、背後からぎゅっと抱きすくめられた。烈が日秋の肩に顎を乗せ、強引に頬を擦り寄せてくる。

「俺ってイヌが居るのに、そんな危険な真似させられるわけねえだろ！　日秋はご主人様

てしまいます」

「マスター、俺も同感です。マスターの身に万一のことが起きれば、全てが台無しになってしまいます」

珍しくアンバーが烈に賛同し、弐号も丸太のような腕を組んだまま無言で頷いた。日秋は烈の顔を掴み、ぐいと押しやる。

「でも、それ以外に方法は無いだろう。いつ偽アグレッサーがネストルを襲うかわからないんだ。急がなくちゃならない」

「ですがマスター、弐号によればネストルにはイレクスタン軍まで派遣されているとのこと。一国の軍隊の警備を単独で突破するのは、さすがに難しいと思うのですが…」

アンバーに視線を向けられ、烈は鼻先で笑った。

「あん？　軍隊ごときが止められるかよ。俺を止められるのは日秋だけだ」

「…つまり、偽アグレッサーも突破出来るかもしれないってことだ。ますます情報は集めておかなくちゃならないな」

日秋が言うと、しまった、とばかりに烈は硬直する。アンバーと弐号に揃って軽蔑の眼差しを向けられても反発しない。

「…皆が心配してくれるのはありがたいと思う。でも、僕も…『イレブン』もだてに今まで生き延びてきたわけじゃない」

日秋はアンバーと弐号を順番に見遣り、最後に烈の頭を撫でた。毎晩のブラッシングの効果か、さらさらの黒髪の感触が心地よい。

「僕も皆と一緒に戦いたいんだ。危険な真似は出来るだけしないと約束するから…頼む。許して欲しい」

「日秋…」

「マスター…」

烈は喉を震わせ、アンバーは琥珀色の瞳を細める。組んでいた腕を解き、弐号がゆっくりと口を開いた。

「我らのボスはマスターだ。『守れ』と、ただ一言命じればいい。…そうだろう？」

「…っ…、ああ！」

珍しい弐号からの問いかけに、烈は意気込んで声を上げる。

「言われるまでもねえ。何があろうと、日秋は俺が守る！」

「…もちろんです。マスターのご命令なら何なりと従います」

アンバーも左胸に手を当て、頷いてくれた。日秋は心からの礼を言い、自分用にあてがわれた部屋へ移動する。

毎晩烈の部屋に引きずり込まれるせいであまり使われていないここには、愛用のマシンが置いてある。常に身に着けている腕時計型端末でも一通りの操作は可能だが、ダイブするなら金に糸目をつけず改造したこのマシンとヘッドセットが必要不可欠だ。

「俺も一緒にダイブする。駄目だっつっても絶対に付いて行くからな」

背後霊のように付いて来た烈が宣言した。サブ用マシンの前に陣取り、絶対に引かない構えだ。

「ああ、頼む。お前が来てくれるなら心強い」

「…っ…、……」

険しかった烈の顔が小刻みに震え、みるみる紅く染まっていく。どうしたのかと思っていたら、がばっと開いた腕に抱き込まれた。

「ああああああ、もう！　ずるいだろ、日秋！」

「ず、ずるい…？」

「凛として気高いかと思えば、頼む、なんて可愛く言いやがって。俺をどんだけどきどきさせりゃあ気が済むんだよ。心臓、持たねえだろ!?」

謎の言いがかりに日秋は呆気に取られていたが、やがてくすりと笑い、烈の左胸に耳をくっつけた。

「…本当だ。どきどきしてる」

「は、日秋…」

どんどん速くなっていくのでちょっと心配になるが、これだけ元気なら壊れる心配は無いだろう。好きだ好きだと叫んでいるような鼓動は、耳にも心にも心地よい。

「……くそっ……」

苛立たしげに舌を打ち、烈はそっと日秋を解放した。青灰色の瞳が恨めしそうに眇められる。

「あんた、これからダイブするから何もされないってたかをくくってんだろ」

「は……？」

「見てろよ。現実に戻ってきたら、めちゃくちゃでろでろにしてやるからな」

烈はゲーミングチェアにどすんと腰を下ろし、ヘッドセットを装着する。

日秋も隣のチェアに座り、メインマシンのヘッドセットを着けた。これまでは伸ばしていた前髪をかき上げ、深呼吸するのがダイブ前の儀式だったが…。

「いつでもいいぜ、日秋」

「ああ。…一緒に行こう」

どちらからともなく眼差しを絡め合うと、絶対に上手くいくという自信が湧いてくる。

コマンドを入力し終えるのはほぼ同時だった。意識がじょじょにブラックアウトしていく。断崖絶壁から身を投げたような、深い海の底へ沈んでいくような感覚に交じり、ぐいと腕を引かれる感触――。

ふと目を開けると、日秋は太陽の照り付ける浜辺にたたずんでいた。

ただし太陽は不規則に膨張と縮小をくり返しながら明滅し、砂浜には無数の漂流物が埋もれ、打ち寄せる波はタールでも流したように真っ黒だ。青い空はところどころ黒く欠け、そこからはみ出した獣とも爬虫類ともつかない生き物の四肢がぶらぶらと揺れている。

ここは現実世界ではない。ヘッドセットを介し、日秋の脳と通常のサーチエンジンでは検索不可能な深層ウェブを接続したのだ。

ダークウェブ…違法物品や犯罪取引などが日常的に行われる闇ウェブのさらに下層、地獄の釜の底とも称されるここはカオスウェブと呼ばれ、よほど追い詰められた者か腕に覚えのある者くらいしか侵入してこない。ましてや脳と直接つなげる『ダイブ』をする者は皆無だろう。

ダイブは直感的な操作や詳細な情報収集が可能になる一方、致命的なリスクも孕んでいる。ダイブ中に何らかのトラブルに巻き込まれたり、サーバーのセキュリティシステムに妨害された場合、脳に甚大なダメージを受けてしまうのだ。

ダメージの大きさによっては最悪、死ぬ可能性もある。だから烈もアンバーたちもあれほど反対したのだ。

だが父俊克から才能を譲り受けた日秋、いやハッカー『イレブン』を阻《はば》めるモノなど存在しない。これまで日秋は父の死の真相を探るため、警視庁をはじめとする様々なサーバーに数え切れないほどダイブしてきた。カオスウェブにダイブしたことも何度かある。

あの頃も長居はしたくないと思ったが、今はいっそう不気味さを増している。混沌《カオス》の名に相応しく、じっとしているだけで正気度が削られていくような…。

「…日秋。大丈夫か？」

隣に並んでいた烈が心配そうに覗き込んできた。つながれた手にぎゅっと指を絡められたとたん、悪寒は消え去っていく。

「ああ、大丈夫だ。…お前こそ平気か？」

「日秋と一緒なら、俺はいつだってご機嫌で絶好調だぜ」

烈は鋭い犬歯を剥き出しにして笑い、きょろきょろとあたりを見回した。

「にしても、ひっでえところだな。あの海、スラムのどぶがそのまんまでっかくなったみてえだ」

目の前に広がる光景は、脳が日秋のイメージに従って描き出した仮想空間に過ぎない。ダイブする者によっては違う光景が見えるのだが、烈の目には日秋と同じ景色が見えているようだ。同じタイミングでダイブしたからだろうか。

「闇に流れる情報の中でも、より違法性や秘匿性の高い情報が流れ着いてくるからだろうな。ネストルについての情報なら、海…それも沖の方かな」

「俺の綺麗なご主人様に、どぶさらいなんてさせねえぞ」

「僕もするつもりは無いから安心しろ」

烈と手をつないだまま、日秋は波打ち際に寄った。

途中、欠けた空からぼとぼとと落ちてくる不気味な生き物はワーム…ネットワーク内で自己増殖するコンピューターウイルスだ。『俺の日秋に触るんじゃねえ！』と目を剥いた烈が蹴り飛ばしてくれた。

無限に打ち寄せる黒い波は、カオスウェブを構成する膨大な量のデータだ。普通に探っていたのでは何年かかっても目当ての情報にはたどり着けない。だが海なら、進む手段はあるはずだ。

——お前ならわかるだろう？　日秋。

懐かしい、穏やかな声が聞こえた気がした。日秋は無意識に頷き、求めるものを思い描いていく。

やがて現れたのは、白いクルーザーだ。小さい頃、父に乗せてもらったものに似ているのは、日秋のイメージを元にしているからだろう。

「おお…、すげー！」

歓声を上げた烈が、日秋をひょいと抱きかかえた。軽やかに砂浜を蹴り、飛び交うワームを器用に避けながらクルーザーのデッキに飛び乗る。

日秋たちが乗り込むと、クルーザーは勝手に動き出した。

物理法則を無視して砂をかき分け、沖へと進んでいく。浜辺が遠くなるにつれ、空から降ってくるワームの数は増えていった。さらに波立った黒い水面から、漆黒の魚がばしゃばしゃと跳ねながらデッキに飛び込んでくる。

トビウオなんて可愛いものではない。ピラニアにも似た獰猛な牙を持つ魚は、まるで小型のミサイルだ。ワームより凶悪なウイルスだろう。

カオスウェブの厄介なところだ。警視庁などの強力なセキュリティシステムを備えたサーバーならウイルスも駆逐されるから、侵入者を排除するためのスイーパープログラムにだけ対処すればいい分、面倒はむしろ少ないかもしれない。

…日秋一人だけなら。

「てめえら、日秋は俺のだって言ってんだろ！」

四方八方から襲いかかるワームやウイルスミサイルを、目にも留まらぬ速さの拳や蹴りが次々と撃ち落とす。仮想空間でも烈はアグレッサーだ。意志を持たないはずのワームたちが恐れをなし、クルーザーから離れていく。

「日秋、怪我は無いか？」

「お前のおかげでな。少しの間、警護を頼めるか？」

「おう！　任せとけ！」

力強く請け合う烈の頭を撫でてやると、不敵な笑みがでれでれと崩れた。

つられて笑いながらも、日秋は不穏にざわめく水面を見下ろす。海の中から情報を、獲物を掬い上げるのに相応しいのは、やはりこれだろう。

ばさぁっ！

日秋の手から放たれた投網は瞬く間に広がり、海の底へ呑み込まれていった。

ネストルに少しでも関連する情報は掬うよう、サーチ条件に設定してある。にもかかわらず、引き上げた投網に獲物はほとんど引っかかっていなかった。普通は信ぴょう件の低い噂話程度なら、網いっぱいにかかるはずなのだが。

……カオスウェブでこれか。イレクスタン政府は情報統制を徹底しているな。

何かと差し出口を挟みたがる元宗主国からの干渉を完全に断つため、イレクスタンはナノマシンを含む生物工学の研究に力を入れている。第二のエーデルシュタイン公国を狙っているのかもしれない。

カオスウェブでもめぼしい情報が見付からないのなら、いっそ一般のウェブを探ってみるか？

「日秋、あれは何だ？」

懲りずに降ってきたワームを殴り飛ばした烈が、投網の隅っこを指差した。

見れば、網に透明な小瓶が引っかかっている。中には折りたたまれたメモらしきものが入っていた。昔見たホロムービーで、主人公が小瓶に手紙を入れ、海に流していたのを思い出す。遠く離れた海岸に流れ着いたそれをヒロインが拾い、物語が始まるのだ。

　日秋は小瓶からメモを取り出し、烈にも見えるよう広げた。複雑に暗号化されているが、『イレブン』にかかればものの数十秒で解読が終わる。

　現れた文章は英語だ。世界じゅうを飛び回っていた烈も、ハッカーの日秋も英語は当然使いこなせる。

「えーと…『ニューマンはアムリタの手先だ。多額の報酬と引き換えにヒトのクローン作製研究を行い、その成果をアムリタに横流ししている』…？」

　張り切って訳す烈の顔がだんだん強張っていく。日秋も同じだろう。ニューマンとはアメリカの有名研究所から引き抜かれた、ネストルの所長を務める男の名前だ。

「…ヒトのクローン作製は、確かまだどこの国も成功していなかったよな、日秋」

「ああ、そのはずだ」

　百数十年前まではヒトのクローン作製はさかんに研究され、注目も浴びていたが、現代では廃れている。倫理上の問題以上にいわゆる万能細胞の研究が進み、クローン作製にかかる途方も無いコストに見合うメリットが無くなったことが大きい。今はほとんどの国で禁じられている。

　裏を返せば、違法行為も途方も無いコストも怖れなければ、ヒトのクローン作製研究は可能だということだ。

　……でも、この情報が事実だとして、アムリタのメリットは何だ？

メリットも無しに、アムリタが廃れた技術の研究に莫大な投資をするとは思えない。どこかにあるのだ。ネストルの所長を使ってまで、アムリタがヒトのクローンを作りたい理由が。

「…ナノマシンを、埋め込むためだったら？」

「烈？」

「パニッシュメントの実戦データは、すでに北浦からアムリタに漏れてるだろ。俺のと違い、肉体の構造から造り替えちまうような代物じゃねえが、肉体の限界を超えて戦わせるって点から言えば、パニッシュメントだってある意味人体強化用ナノマシンだ」

「……っ！」

日秋ははっとした。

パニッシュメントとマスターデバイスをリンクさせるＣｈａｉｎは停止コードが実行され、二度と起動出来ないが、パニッシュメントのデータそのものが使えなくなったわけではない。

パニッシュメントに似た新たなナノマシンを作製し、Ｃｈａｉｎを元に組んだリンクプログラムでマスターデバイスとつなぐ。…決して不可能ではない。

「もしもヒトのクローンの量産が可能になり、ナノマシンが埋め込まれたら…」

「このご時世だ。兵士や暗殺者なんかに育て上げりゃ、叩けばほこりの出る奴らがこぞってお買い上げだろうぜ」

ふざけた口調に反し、青灰色の瞳の奥には怒りの炎が揺れている。

わざわざクローンを使うのは、背後の人間関係も遺族の非難も人道的な対応も、一切配慮しなくていいからだ。身寄りの無いスラムの子どもならあと腐れが無いからと、ノムリタにさらわれた自分や仲間たちに重ねてしまったのだろう。烈は二度と自分たちのような犠牲を出さないため、アグレッサーとして戦い続けてきたのだ。

「烈……」

日秋はそっと烈の首筋に手を伸ばす。半年前まで首輪型爆弾の嵌まっていたあたりを撫でてやれば、烈はニッと笑った。

「心配すんな、日秋。言っただろ？　あんたと一緒なら、俺はいつだってご機嫌で絶好調でエロエロな気分になるんだって」

「…よけいなのが一つ増えてないか？」

「ん？　一番大事なことだろ」

そっと取られた手に唇が落とされる。仮想空間でも柔らかさと熱さを感じるのは、日秋の脳に烈の感触が刻み込まれているせいなのか。

「っ…、とにかく、この情報が本当なら一大事だ。流したのが誰か、しっかり見極めなくちゃならない」

いやらしく舐められそうになった手を引っ込め、もう一度メモを確認する。解読された文章を幾通りにも並べ替え、再び暗号化するうちに、日秋は気付いた。

……何だ？　パリティビットが間違ってる？

パリティビットとは大まかに言えば、ゼロと一で表されたデータから誤りを検出するために加えられる数字のことだ。データ中の一の数が奇数個なら一を加え、偶数個ならゼロを加える。

だがメモの文章中には、明らかにゼロと一が間違っている部分があった。それも複数個。コンピューターならありえないミスは、人為的な操作が加わった証拠だ。

順番に組み合わせていくと――。

「Ａｒｉｅｓ、……アリエス？」

「この情報を流した奴のハンドルか？　…ずいぶんと意味深だな」

日秋も同感だ。アリエスはラテン語で『牡羊』を意味する。世界で初めて作製された哺乳類のクローンは羊だったはずだ。

「この情報が正しいと仮定して…常識的に考えれば、アリエスはネストル内部の人間だろうな」

日秋の推測に、烈も同意した。

「ああ。所長の秘密に関わってるんだから、それなりに地位の高い奴だ」

「所長の非道を糾弾《きゅうだん》することも出来ず、誰かに暴いて欲しくてカオスウェブに情報を流した。そんなところなんだろうけど…」

「…問題は、羊野郎の情報が真実かわからねえってことだな」

そうなのだ。ここまで手の込んだことをしたのなら真実だと思いたいが、アリエスもまたアムリタ側の人間であり、『イレブン』に喰い付かせるための餌を用意したとも考えられる。

「…ネストルのファイルサーバーにダイブしてみよう。ヒトのクローン研究に関連するデータが見付かれば、アリエスを信じてもいいと思う」

「そうだな。どうせならこのまま潜るか？」

「ああ、そうしよう」

日秋と烈は新たなコマンドを入力する。ねばついた波の音が遠ざかってゆき、視界が暗転した。

転落する感覚の後、そっと開けた目に映ったのは、アジアとヨーロッパが複雑に入り混じった古い街並みだ。千年近く前、中世のイレクスタンにはこんな街並みが広がっていたのかもしれない。

「よし、海よりはだいぶ探しやすそうだな。厄介なお邪魔虫も居ねえみたいだし、張り切って行くぜ」

「気を付けて、烈。ワームやウイルスはさすがに入り込めないだろうけど、代わりにスイーパーが巡回しているはずだから」

日秋が忠告すると、タイミングが良いのか悪いのか、小路から古風な鎧を纏った兵士が現れた。サーバーを守るスイーパープログラムを、日秋の脳が具現化した姿だ。

パイロットランプのように光る瞳がこちらに向けられる。

「日秋！」

烈はすかさず日秋を抱き、跳躍した。兵士は近くの教会らしい建物の屋根に降り立った二人を見失い、元の巡回ルートへ戻っていく。

「…ありがとう、烈。助かった」

「当然のことをしただけだぜ。…にしてもあいつら、あちこちうろうろしてるな」

教会の高い屋根の上からは、通路を行き来する大勢の兵士たちの姿がよく見える。さすがに高レベルのセキュリティが施されているようだ。

烈と一緒なら倒すのも不可能ではないが、なるべく侵入の痕跡を残したくない。

日秋は烈に抱えてもらい、屋根伝いに街を捜索することにした。おかげでスイーパーはやり過ごせたが、見付かるのはナノマシン研究に関するデータばかりで、肝心のヒトのクローン関連のデータはどこにも無い。

「とすると…、やっぱりあそこかな…」

日秋は街の奥にそびえる城、いや城塞を見上げた。

奈落のように深く幅広の堀に囲まれ、門につながる跳ね橋は上がっている。巨大な鉄扉はかたく閉ざされ、大砲を撃ち込んでも開きそうにない。街の中からアクセスするのは不可能である。

あれはおそらくネストルの機密情報を集めたサーバーだ。あらゆるネットワーク、研究所の組織内ネットワークからも切り離されたエアギャップ環境に置かれている。

日秋のような外部の人間が入り込むには、城内から正式に招かれるか、サーバーを構築するマシンそのものに直接アクセスするしかない。つまり。

「ネストル研究所の内部に侵入するしかねえ、ってことか…」

烈が嫌そうに顔をゆがめる。

「実際にクローン研究が行われている場所を押さえられれば、一番いいんだけど…それはさすがに厳しいだろうな」

ネストルを破壊し尽くせと命じられれば、烈は簡単にやってのけるだろうが、隠密行動は苦手中の苦手だ。誰にも勘付かれずマシンを見付け出し、さらにクローン研究の現場までたどり着くのは至難の業だろう。ただでさえネストルは今、偽アグレッサー対策で警備を厳重に固めているはずだから。

……偽アグレッサーか。あいつは……。

「…日秋、どうした？」

考え込む日秋に目敏く気付き、烈が整った顔を寄せてくる。

「いや、ちょっと考えていたんだ。アリエスの情報は、カオスウェブに潜れて、暗号を解読出来る人間なら誰でも手に入るだろう？　僕じゃなくても」

「あんたと同じ芸当をやってのける奴が何人も居るとは思えねえが、まあ、理屈ではそうなるな」

「だったら、偽アグレッサーもアリエスの情報にアクセス出来たんじゃないかと思ったんだ。その上でネストルを次のターゲットに選んだとしたら…」

「…ニューマンの野郎がアムリタの隠れ蓑になって、ヒトのクローンを研究してると知っての行動だってことか？」

日秋が頷くと、ああもう、と烈は大きく首を振った。足元の屋根瓦を苛立たしげに踏み付ける。

「偽者の俺もアムリタを止めるために活動してるかもしれない、ってことじゃねえか。真似すんのもいい加減にしやがれ！　日秋がちょびっとでもときめいちまったら、どうしてくれるんだ！」

「……怒るのは、そこなのか」

仮想空間のはずなのに頭痛がしてきた。烈の基準はどこまでも日秋なのだ。

「だってよお、日秋……」

「僕はお前がアグレッサーだから…アムリタ打倒のために活動しているから好きになったんじゃない。どんな時も僕を心ごと守ってくれて、僕と一緒に戦ってくれたから好きになったんだ。…そんな男は、お前以外居ないだろう？」

「は、は、は、……日秋ぃぃぃぃぃ！」

強張っていた烈の顔がみるまに紅潮していった。

日秋を抱き上げ、わっしょいわっしょいと器用に屋根の上を練り歩く。緩みまくったその顔、アンバーや弐号はともかく、烈をアグレッサーと崇《あが》める元スレイブ兵士たちには絶対に見せられない。

「もちろん俺だけだぜ！　俺だけがあんたを守るイヌなんだ！」

「そうだな。だったら僕がお前の偽者になんか惹かれるわけがないって、わかるよな？」

「うん、わかる！」

ご機嫌の烈に命令し、日秋は城塞の周辺を探ってみる。

やはりクローン関連の情報は無かったが、堀に沿って植えられた木々の枝に引っかかった手紙のようなものを発見した。トラップも暗号化も施されていない。研究所の職員向けの通達だろう。

手紙には研究所でパーティーが開かれると記されていた。ネストル所属の研究員がとある論文で賞を取った、祝賀パーティーだ。

こんな時によくパーティーなんて開く気になったなと思ったら、大統領とも親交のある有力な出資者が開催を望んだため、断り切れなかったらしい。会場はホテルではなく研究所だ。

いつ偽アグレッサーが現れるかわからない中、大切な出資者たちを集めたパーティーを開くなんて、警備担当者は気が気ではあるまい。だが日秋たちにとってはまたと無い好機である。

日秋は招待状の送付先リストを探し出し、イレクスタンで使っている自分と烈の偽名を追加すると、現実に帰還した。


日秋と烈のアカウントにネストルからの招待状が届いたのは、ダイブから数日後のことだった。偽アグレッサーによる襲撃事件は五件目のエテュアン研究所以降、起きていない。

日秋はさっそく烈やアンバー、弐号たちと共に計画を練り、パーティー当日を迎える。

指定されたドレスコードはブラックタイなので、日秋も烈もタキシードだ。華やかな場とは無縁に育ってきたから、タキシードなんて初めてである。

「お似合いですよ、マスター」

タキシード一式を調達したアンバーは誉めてくれるが、姿見に映した自分はフォーマルな装いに着られてしまっているように見えてならない。いよいよネストル内部に乗り込むとあって、緊張しているのだろうか。

「……………」

そこへ別室で着替えを済ませた烈が現れ、リビングの入り口で立ち尽くした。青灰色の双眸《そうぼう》を見開いたその姿に、日秋の目も釘付けになる。

……嘘だろ。格好よすぎる。

艶のある黒絹のショールカラージャケット。プリーツの入った白のウイングカラーシャツに、黒のボウタイ。胸ポケットには白のポケットチーフ。磨かれた黒のオペラパンプス。フォーマルの粋を集めた衣装が、フォーマルと最も遠いところに居るはずの侵略者《アグレッサー》を極上の男に仕立て上げていた。前髪を後ろに撫で上げられ、露わになった形の良い額や、カマーバンドで強調された腰のラインから禁欲的な色香がむんむんと漂う。日秋も全く同じものを身に着けているはずなのに、この違いといったら何なのだろう。

「すまん。俺ではこれが精いっぱいだった」

烈の背後で弐号が頭を下げた。フォーマルな装いは生まれて初めてという烈を着替えさせてくれたのが弐号なのだ。

傭兵時代、雇い主に強制され、嫌々ながらも祝勝パーティーに参加させられたことがあったらしい。今日は研究所への潜入がメインだから、なるべく目立たないようにとお願いしておいたのだが…。

「…いや、これはもう…何と言うか、仕方無いですよ」

アンバーの言う通りだ。どんな格好をさせようと、この男の暴力的なまでの魅力は隠せない。泥に埋もれても輝きを失わないダイヤモンドのように。

「……、だ」

ぱくぱくと動いていた烈の口が、ようやくかすれた声を紡いだ。青灰色の目には日秋だけしか映っていない。

「だ、だ、だ、だ、だだ、だだだ」

「…烈？」

「だ、…め、……だ。……駄目だ、駄目だ駄目だ駄目だあああっ！」

絶叫するや、烈は日秋を抱え上げた。疾風のごとく駆け出そうとした烈の前に、弐号が立ちはだかる。

「どこへ行く」

「こんなエロすぎる日秋をクソ雄どもの群れになんて連れて行けるわけねえだろ！　誰だってすぐにひん剥いて犯したくなるに決まってる！」

「…おい、烈…」

世界の破滅を救わんとする英雄のような顔とはまるでそぐわない言い分に、くらくらとめまいがしてくる。

……そう言えばこいつ、喪服姿の僕に一目惚れしたって言ってたな。

父俊克の葬儀の時のことだ。しかも当時の日秋は中学生で、烈にいたっては、学校に通っていれば小学生だった。三つ子の魂百までというか、業の深さを感じる。

「マスターを困らせるな」

どこまでも常識的な弐号が日秋を救い出そうとする。

だが弐号の動きを見透かしたように、烈はくるりときびすを返した。床を蹴り、跳躍した先はリビングの張り出し窓だ。ガラスを割って脱出しようというのか。

「させませんよ」

アンバーが手にしたスイッチらしきものを押したとたん、窓ガラスに外側から鎧戸が降りた。烈なら鋼鉄製のそれすら簡単に破壊してしまえるが、日秋を破片で怪我させてしまう怖れがある。

ザザザザッ！

烈が逡巡する間に、元スレイブ兵士たちが足音を響かせながら突入し、烈を取り囲む。

「さあ、アグレッサー。マスターを解放しなさい」

「く…っ、てめえ、悪役みたいな真似を…」

烈は青灰色の瞳を燃え上がらせるが、どう見ても悪役なのは烈である。元スレイブ兵士たちも、サブマシンガンの銃口を油断もためらいも無く烈に向けていた。普段からこういう事態に備えて訓練していたとしか思えない。

……彼らのメイン任務って、ひょっとして烈を取り押さえることなんじゃ？

疑いの目を向けると、弐号はそっと顔を逸らした。溜息を吐き、日秋は烈の頬を優しく撫でてやる。

「……いい加減にしろ、烈。もうすぐパーティーの開始時刻だ。ふざけている暇は無い」

「っ…、ふざけてなんかねえ！　俺は、本気で！　あんたがエロエロすぎるから心配してるんだ！」

心底心配そうな顔で叫ばれても全然嬉しくない。もう一度吐きそうになった溜め息を呑み込み、日秋は烈の耳に唇を寄せる。

「不安なのは僕だって同じだよ」

「……えっ？」

「お前が格好よすぎるから、誰かに盗られるんじゃないかって。…本当は誰にも見せたくない。でも、今日はネストルに潜入するチャンスなんだ。僕が不安にならないよう、ずっと傍に居てくれるよな？」

「……、……、……！」

ぱあああああ、と雲間から現れた太陽のように顔を輝かせ、烈は日秋を床に下ろした。いくつもの銃口を向けられていながら恭《うやうや》しくひざまずき、日秋の手にキスを落とすその神経はさすがにアグレッサーだ。

「もちろん、お前は俺が守ってみせるぜ！　どんなエロエロおやじからも、エロエロじじいからも、エロエロばばあからも、エロエロ小僧からもな！」

「エロエロの筆頭から自分を外すそのふてぶてしさ、見習いたいですね…」

アンバーが感心したように呟くが、ぜひ見習わないで欲しいと思う。

——出発前のひと騒動をどうにか終え、ネストル生物工学研究所に到着したのはパーティー開始の五分前だ。

「はあ……」

いくつものゲートで入念なボディチェックを受けたせいで、研究所の中とは思えないほどきらびやかに飾り付けられた会場ホールにたどり着いた時には軽い疲労感を覚えていた。

給仕からシャンパンを受け取った烈が、グラスを差し出してくれる。

「大丈夫か？　やっぱり帰…」

「帰らない」

シャンパンで喉を潤し、睨み付ける。このやりとりはすでに数え切れないほどくり返しているのだ。

「…ああ、日秋…」

烈が青灰色の瞳を蕩かせた。

「その日、たまんねえ…あんたがタキシード着てるってだけでやばいのに、睨まれると押し倒したくてたまらなくなる…。なあ、ちょっとだけ、いいだろ?」

「いいわけないだろ。何を考えてるんだよ」

「あんたのことに決まってんだろ。それに、どうせ俺たちなんて誰も見てねえよ」

烈の言葉は誇張ではあるが、嘘とも言い切れない。

フィンガーフードの並んだテーブルの隙間を笑いさざめきながら行き交う招待客たちは、誰もが一度は烈を振り返る。だが彼らが足を向けるのはホールの中央だ。そこには幾重もの人垣に囲まれ、スポットライトを浴びたように目立つ長身の男がたたずんでいた。

豪奢な金髪にサファイアを思わせる碧眼《へきがん》の、帝王然とした男だ。その正体は、腕時計に模した端末を探ればすぐに判明した。

バルタザール・ディートフリート・シュバルツシルト。

遠い昔は伯爵の位も持っていたというドイツの名門、シュバルツシルト家の御曹司《おんぞうし》だ。シュバルツシルト家は世界じゅうで数多の企業を経営し、成功を収め続けている有数の富豪である。同時にネストルの有力な出資者でもあった。

バルタザールは今年で三十五歳だそうだが、たゆまぬトレーニングと全身に満ちた活力のおかげか、二十代と言っても通る。バルタザールの代になってシュバルツシルト家の資産は倍増したそうだ。類まれな経営手腕に加え、学術方面にも造詣が深く、文化人類学と言語学の博士号も取得している。才能とエネルギーの塊のような男だ。少し烈に似ているかもしれない。

パーティーの主役は受賞した研究者ではなくこの男だろう。華やかな席はあまり好まないというバルタザールに、招待客たちはここぞとばかりに群がっている。

バルタザールの隣で媚びた笑顔を振りまいているのは、所長のニューマンだろう。研究者というよりやりてのエリートビジネスマンに見える。

「……日秋」

ふいに烈が日秋の手を引き、自分の背中に隠した。本気で『ちょっとだけ』やるつもりなのかと思ったが、広い背中にはかすかな緊張が漂っている。

「烈、どうしたんだ？」

「…あの金髪野郎が、日秋をエロい目で見てた」

「シュバルツシルトの御曹司が？　そんなわけないだろ」

あれだけの人数に囲まれて、烈ならまだしも、地味な日秋なんて視界にも入らないだろう。日秋は失笑したが、振り向いた烈の表情は真剣だった。

「いいか、日秋。あんたをエロい目で見ない奴なんて居ねえんだ。あんたはもうちょっと自分がエロいって自覚を持て」

「エロい自覚……」

それってどういう自覚だと呆れていたら、ホールの奥で歓声が上がった。

花々で飾られたステージにニューマンともう一人、かちんこちんに緊張した若手の研究者らしき青年が上っている。バルタザールに存在感を奪われた本来の主役だろう。

『皆様、突然の招待に応じて下さり感謝いたします』

招待客たちの拍手が収まると、ニューマンの英語のスピーチが始まった。ニューマンの次は若手研究者だろう。バルタザールが最前列に陣取ったため、取り巻きたちもステージの周辺にぞろぞろと移動する。

「あいつら、たぶん傭兵だ。ジャケットの下に拳銃やら電磁鞭やらを隠してやがる」

取り巻きの後方に散った招待客たちを、烈が顎でしゃくってみせた。

いずれもタキシードやドレスで盛装しており、一見しただけでは傭兵には見えない。ネストルが雇った傭兵たちなのだろう。研究所周辺は軍から派遣された兵士たちが警備を固めていたが、さすがに内部まで踏み込ませれば華やかな空気が台無しになると判断されたらしい。

弐号の知己が居るかもしれない。日秋は時間を確認するふりをして、腕時計型端末で傭兵たちを撮影しておいた。

『……いかなる権力者でも、時の流れを逆しまにすることは出来ません。我らは前に進むしかない。そのために必要なのは確固たる道標、すなわちテクノロジーの光なのです！』

ニューマンは主役そっちのけで熱弁を振るっており、傭兵たちの注意はステージとその周辺に集中している。日秋と烈は目線を交わし、頷き合った。

「あ……」

まず日秋が額を押さえ、よろめいた。すかさず烈が支えると、給仕が目敏く歩み寄ってくる。

『お客様、いかがなさいました？』

『連れが熱気にやられてしまったようだ。休ませてやりたいのだが』

烈の英語は流暢《りゅうちょう》なキングズイングリッシュだ。この極上の容姿が加われば、特権階級の人間にしか見えない。

『休憩室にご案内します。どうぞこちらへ』

給仕は日秋たちの身元を確認すらせず、ホール近くの休憩室に連れて行ってくれた。一礼した給仕が退出するまでは、ソファにぐったりもたれて具合の悪いふりをする。

「…よし、いいぜ」

扉越しに気配を窺っていた烈が親指と人差し指で丸を作ってみせた。日秋はむくりと起き上がり、腕時計型端末を通常モードから非常用モードに切り替える。

違法改造が施されたそれは、短い起動コードで熊でも気絶させる電気ショックを放つことが可能な上、ボディチェックも素通り出来る優れものである。もちろん、こんなものは使わずに済むのが一番だ。

烈にいたっては丸腰だが、何の問題も無い。人体強化用ナノマシンに造り替えられ、生来の高い身体能力が宿ったこの肉体こそ最高の武器なのだから。

二人は休憩室を抜け出し、ホールとは反対側に続く廊下の奥へ進む。

研究所の構造は不明だが、目標である機密情報が収められたマシンは最もセキュリティの厳重なエリアに設置されているはずだ。よりセキュリティレベルの高いエリアへ進んでいけばいい。

「……何か、拍子抜けだな」

烈がぽつりと呟いたのは、十分ほど経った頃だった。

「そうだな。もうちょっと苦戦するかと思ってたんだが…」

ここまでに二人の警備員と三つの電子ロック付きのゲートに遭遇したが、前者は烈が気絶させ、後者は日秋がロックを解除して難無く乗り越えた。すでに研究所の顔の部分、来客にも見せていいエリアは抜け、関係者しか立ち入れないエリアに差しかかっているはずなのに、侵入者たる日秋の方が心配になるほど手薄な警備だ。

……偽アグレッサー対策に追われ、内部まで手が回らなかったのか？

だとすれば偽アグレッサーに感謝すべきかもしれない。苦笑した時、腕時計型端末がかすかに振動した。バイブレーション機能はオフにしたはずなのだが。

「これは……？」

日秋は真横の壁に目を留めた。他の壁と何ら変わりは無いように見えるが、何となく違和感がある。

試しに腕時計型端末を近付けてみると、研究所全体に張り巡らされたのとは別のネットワークを検出した。

「…つまり、独立したネットワークで守らなきゃならねえほど重要なものがこの奥にあるってことか」

烈が壁に大きな掌を這わせ、あちこち滑らせた。するとある一点で止まり、ばん、と強く叩き付ける。

すると平らだった壁が小さな長方形にへこんでいく。その奥に嵌め込まれているのは、小さな細長いカメラだ。

「たぶん虹彩《こうさい》認証用カメラだな。ネットワークがつながっているのは間違い無くこれだ」

「どうする、日秋？」

「もちろん突破するさ。少しの間、周囲の警戒を頼む」

任せとけ、と烈が胸を叩いてくれたので、日秋は端末からモニターとキーボードを立体化させた。

虹彩認証システムは、眼球の虹彩のパターンを元に本人認証を行うシステムだ。人体の二つの眼球はそれぞれ全く別の虹彩パターンを持っており、二つの眼球のパターンが一致する確率は限りなく低い。虹彩パターンを登録されていない人間が突破するのは、当然不可能だ。

だが、認証用カメラは電気錠の制御基板で制御され、管理部門のマシンで管理されている。どんなに厳重なセキュリティも、ネットワークにつながっているのなら『イレブン』の侵入を拒めない。

ピーッ……。

三分ほどかかってしまったが、セキュリティは『イレブン』に屈した。解除音と共に壁に長方形の光が走り、くり抜かれた壁はスライドドアへ変化する。

「すげえ、日秋！　さすが俺のご主人様だぜ」

「お前がカメラを見付け出してくれたからだよ」

歓喜する烈の頭を撫でてやりながら、日秋は腕時計型端末を見詰める。カメラが見付かったのは烈の手柄だが、きっかけはこの端末だ。

……あれは、気のせいだったのか？

設定を確認してみても、やはりバイブレーションはオフになっている。

首を傾げつつも、日秋は烈と共にスライドドアの奥へ進んだ。今は機密情報の入ったマシンを探し出すのが優先だ。

スライドドアの奥は、壁一面に本棚が埋め込まれたライブラリーだった。本棚には紙のファイルがぎっしりと並んでいる。官公庁さえデジタル化が徹底された現代、貴重な紙とスペースを費やして残すのは重要な情報のみだ。

そして本棚に囲まれた部屋の中央には、見るからにハイスペックなマシンが一台でんと鎮座している。端末で確認してみるが、あらゆるネットワークから切り離された状態だ。

「……これだな」

日秋は注意深くマシンを起動させた。

警戒していたトラップが発動することは無く、すんなりと操作画面が表示される。肩透かしを喰らった気分だが、数々の認証を突破してここまでたどり着けるのは、本来はニューマンかその配下くらいなのだろう。

「っ…、日秋！」

入り口を警戒していた烈が素早く日秋を抱き寄せた。その直後だ。ドオオオンッ、とすさまじい爆発音が空気を震わせ、鼓膜をつんざいたのは。

「く、……っ！」

小刻みな振動はライブラリーの床にも伝わってくる。烈がしっかり支えていてくれなければ、転んでしまっただろう。

――ウーッ、ウーッ、ウーッ。

振動が収まりかけた頃、今度はサイレンが響き渡った。日秋は烈のシャツをぎゅっと握り締める。

「…烈。さっきの音は…」

「ああ。…パーティー会場の方からだったな」

青灰色の瞳に闘志の炎が燃え上がっている。烈の心にも、日秋と同じ人物のシルエットが浮かんでいるだろう。所長のニューマンや高額出資者のバルタザールたちまでもが揃った今日は、絶好の襲撃日和だ。

「…偽アグレッサーの野郎、今日こそ化けの皮を引っ剥がしてやる…！　日秋、いいんだよな？　あいつをぎったぎたのぼっろぼろにしてやっても」

「もちろんいいけど、その前にクローンのデータを…」

マシンの操作に戻ろうとしたら、廊下からばたばたといくつもの足音が聞こえてきた。

『シークレットライブラリーに入室の痕跡があるぞ！』

『所長はパーティー会場のはずだ。急いで中を確認しろ！』

焦りきった話し声は、おそらく警備員たちだろう。あと数十秒もすれば、この部屋に踏み込んでくるに違いない。

「……下がってろ、日秋」

烈がすっと前に出た。外につながるのはさっき入って来た通路のみだ。パーティー会場に戻りたかったら、警備員たちを倒すしかない。

『——君たち』

警備員たちとは違う柔らかな声が響くと、足音はぴたりと止まった。

『驚かせてしまってすまない。シークレットライブラリーに入ったのは私だ。ちょっと所長に頼まれたことがあってね』

『貴方《あなた》は所長の……』

『念のため、私が中を確認しておくよ。君たちは会場の方へ向かってくれないか』

『はっ！　承知しました！』

警備員たちの足音が遠ざかっていく。声の主は研究員、それもかなり高位の存在のようだ。

……なのに、僕たちを庇った？

何の目的でそんなことを。身構える日秋と烈の前に、細い通路から白衣姿の若い男が姿を現した。ダークブラウンの髪に灰色の目をした、平凡な顔立ちの白人男性だ。イレクスタン人ではないだろう。

『待って下さい。私は君たちの敵ではありません』

今にも飛びかかろうとする烈に、男は両手を挙げてみせた。起動したマシンを一瞥《いちべつ》し、満足そうに微笑む。

『まさかあの暗号を解いて、ここまでたどり着いてくれる人が居るとは…』

『…もしや、貴方はアリエス？』

ぴんときて尋ねると、男は嬉しそうに頷いた。

『そうです。身の安全のため本名も役職も明かせませんが、この研究所でニューマンの補佐を任されています。…貴方は？』

『…ハル、とでもお呼び下さい』

素性を明かせないのはお互い様だ。アリエスは深く追及せず、手を下ろすと、真剣な面持ちで話し始めた。

『ではハル、聞いて下さい。私がカオスウェブに流した情報は真実なのです』

『ニューマン所長がアムリタの手先であり、ここでヒトのクローン研究を行い、データを横流ししていること…ですね？』

『はい。人道にもとる――いえ、悪魔の所業です。私はその許されざる行為に加担させられています。妻子を人質に取られて』

アリエスの話は驚くべきものだった。成功率は低いものの、すでにヒトのクローン作製は成功し、成功体がアムリタに極秘で『出荷』されているのだという。

しかし彼らの扱いがわかってしまうだけに、アリエスは心を痛めていた。そしてとうとう良心の呵責に耐え切れなくなり、藁にも縋る思いでカオスウェブに情報を漏洩《リーク》したのだ。

まともな人間ではニューマンもアムリタも止められない。だがカオスウェブを突破し、暗号を読み解き、なおかつここまでたどり着けるだけの力量の主なら、あるいは。

『分の悪すぎる賭けでした。だが私は勝った。貴方がたが私の前に居るのだから』

『…アリエス、貴方の望みはニューマンを止めることですか？　それとも人質を取り戻すことですか？』

『両方です。貴方がたには私の妻と娘を助け出して頂きたい。そうすれば私は身分を明かし、ニューマンがクローン作製に関わっている証拠のデータを提出しましょう』

『──ちょっと待て』

腕を組み、黙って聞いていた烈が低い声で割り込んだ。長身から滲み出る殺気と圧力に、アリエスはびくりと肩を震わせる。

『俺たちがお前の妻子を助けてやる必要があるか？　データなら、そこのマシンに入っているのだろう？』

『た、…確かにそうですが、無理ですよ。ほら』

アリエスが指差す先で、起動していたはずのマシンは勝手にシャットダウンしていく。

もちろん日秋は何の操作も加えていない。

『パーティー会場が襲撃されたことで、研究所はエマージェンシーモードに入りました。この部屋のマシンはエマージェンシーモードに入ると強制的にシャットダウンされ、ニューマンの虹彩認証を行わなければ再起動出来なくなります』

ドオオンッ、とまた会場ホールの方から轟音《ごうおん》が響く。今度は人々の悲鳴も交じって聞こえた。

どうする、と烈が眼差しで問いかけてくる。日秋が頷けば、その瞬間アリエスの命は圧倒的な暴力によって消されるだろう。

……ネットワークに入り込めれば、虹彩認証をクリアするのは難しくない。でも相応の時間はかかる。

その間にも偽アグレッサーは暴れ回り、被害は拡大するだろう。どうするのが最善の手なのか、悩んでいたのは日秋だけではなかったらしい。

『今すぐ返事を聞かせて欲しいとは言いません。ですがもし私の願いを叶える気になったら、これを役立てて下さい』

アリエスが白衣から取り出したのは小さなメモリーカードだった。ためらう日秋の手に押し付け、通路を指差す。

『行って下さい。警備員が戻って来るかもしれません』

『でもアリエス、貴方は…』

『私は貴方がたの侵入の痕跡を消去してから避難します。…さあ、早く』

重ねて促され、動いたのは烈だった。日秋を抱え、通路に向かって走り出す。

祈るようにこちらを見詰めるアリエスの姿は、やがて分厚い扉に阻まれ、見えなくなった。


……まさか、もうヒトのクローンが作製され、アムリタの手に渡っていたなんて。

事実だとしたらとんでもないことだ。早急にアンバーたちとも話し合わなければならないが、今は偽アグレッサーの正体を暴くのが先決である。

エマージェンシーモードで起動したセキュリティシステムをどうにか突破し、日秋たちは会場ホールに戻って来た。着飾った招待客たちが笑いさざめいていたホールは、ほんの三十分足らずの間に瓦礫《がれき》の散乱する戦場と化している。

『そっちだ！　そっちに行った！』

『今度こそ仕留めろ！　逃がすな！』

招待客たちが悲鳴を上げながら逃げ惑う中、傭兵たちがめいめいの武器を必死に振るう。ある者は拳銃を、ある者はマシンガンを、ある者は高圧電流の流れる電磁鞭を。

だがどれ一つとして、弾丸のごとくホールを駆け巡る人影を撃ち落とすことは出来ない。

『うおぉっ!?』

手榴弾を投げようとしていた傭兵が、天井から降ってきた瓦礫の下敷きになった。直後にドンッ、と爆発音が響く。

……嘘、だろ?

哀れな傭兵よりも、日秋は天井――いや、天井に開いた大穴から伸びる鉄骨に留まる人影に目を奪われた。…今、あの人影は確かに、自分の数倍以上の大きさの瓦礫を投げ落としたのだ。

理屈も常識も通用しない、傍若無人な強さ。背筋を這い上がる悪寒は、半年前、烈と初めて遭遇した時に感じたのと同じものだ。精鋭揃いの警視庁の機動隊をたった一人で翻弄し、蹂躙《じゅうりん》していた…。

「烈……」

「偽者野郎だな、間違いねえ。外の軍の奴ら、何してやがるんだ」

烈はまなじりを吊り上げる。戦っているのは傭兵たちばかりで、肝心の兵士たちの姿は一人も見当たらないのだ。

「たぶん、主要ゲートを全て潰されたせいで突入出来なくなったんだろう。少人数に分散して迂回路から向かって来ているとは思うけど」

「それまで何人生き残れるかはわかんねえな…」

軍が外から踏み込めないということは、ホールに閉じ込められた招待客たちも逃げられないということだ。

瓦礫の下からはみ出した傷だらけの腕を見付け、日秋は軽い吐き気を覚えた。招待客は百人を下らないはずだが、いったい何人が犠牲になったのか。アグレッサーは…烈は、少なくとも無関係な人間を巻き込む真似だけはしなかったのに。

……偽アグレッサー。何のために、お前はこんなことをするんだ!?

ぐっと唇を噛んだ時だった。鉄骨からひらりと降り立った偽アグレッサーが、何かに呼び寄せられたようにこちらを振り向いたのは。

心臓が止まるかと思った。

だって、艶やかなその黒髪は。どんな宝石よりも日秋を惹き付けるその青灰色の双眸は。高い鼻梁は。凶悪なのに端整な顔立ちは。鍛え上げられた長身は――。

「れ、…烈…？」

見開かれた青灰色の双眸が日秋を映す。

『このバルタザール・ディートフリート・シュバルツシルト、招かれざる客ごときに一歩たりとも退くものか！』

その瞬間、勇ましい宣言がとどろいた。髪を乱れさせたバルタザールが、見事なバランス感覚で瓦礫の上に仁王立ちになっている。その肩に小型のバズーカ砲を担いで。

『我が前にひざまずけ！　ファイエル！』

ズドォンッ！

爆風を従え、砲弾が撃ち出される。戦車の装甲さえ貫けるそれはとっさに跳びすさった偽アグレッサーの二の腕をかすめ、背後の壁を粉砕した。

「あいつ……」

烈が唸る。きっと烈も気付いたのだろう。無傷でかわせるはずの砲弾がかすったのは、偽アグレッサーが日秋に目を奪われていたせいだったと。

『無駄な抵抗はやめ、大人しく降伏しろ！』

バルタザールが足元のアタッシェケースからアサルトライフルを取り出した。

その引き金が絞られる前に、偽アグレッサーは無造作に拾い上げた瓦礫を投げ付ける。アサルトライフルの銃弾はほとんどがその瓦礫に吸い込まれ、残りは偽アグレッサーの消えた床を傷付けただけだった。

アサルトライフルは連射力に優れるが、その分弾切れも速い。空になった弾倉《マガジン》ごとアサルトライフルを投げ捨て、バルタザールは再びアタッシェケースに手を突っ込んだ。取り出されたのはショットガンだ。

弾を広い範囲にばら撒くため、動きの速い相手には適している。だがさっきのアサルトライフルもショットガンも、ビジネス用の薄いアタッシェケースにはどう見ても収まるサイズではない。

　こんな時なのに、日秋は大昔のアニメーションムービーを思い出してしまった。未来の世界からやって来た、大量の道具を取り出し可能なポケットを装着した猫型ロボットは、バルタザールとは似ても似つかないのだが。

　日秋の混乱をよそに、ダンッ、とバルタザールはショットガンを発射する。

　普通の人間なら全身を蜂の巣にされていただろうが、普通とはかけ離れた男は一瞬でバルタザールの視界から消えた。その動きを追えたのは烈だけだ。

『後ろだ！』

　烈の警告は、すんでのところで間に合った。鋭い爪を生やした偽アグレッサーの両手が空を切ったのは、バルタザールが瓦礫から飛び降りた直後だ。

　だが偽アグレッサーは容赦せず追撃する。バルタザールはショットガンを手放してしまい、あの謎のアタッシェケースも瓦礫の上だ。このままでは…。

「烈、…」

「わかってる。…あの偽者野郎、ぶっ飛ばしてやるぜ！」

　セットされた前髪をくしゃりと乱し、ボウタイをむしり取りながら獰猛な笑みを浮かべる烈に、見惚れずにはいられなかった。

　誰も真似出来ない。この男こそアグレッサー。侵略と暴力の申し子だ。

『貴様……!?』

　烈が一跳びで偽アグレッサーの前に降り立つと、バルタザールは驚愕によろめいた。見開いた碧眼でそっくりな二人を見比べるが、二人ともバルタザールになど注意を払ってはいない。同じ色の瞳に映るのは、同じ顔をしたお互いだけだ。

「偽者の分際で、俺の日秋をエロい目で見てんじゃねえ！」

　先に動いたのは烈だった。

　一瞬で距離を詰め、偽アグレッサーの腹目がけて拳を叩き込む。必殺の間合いを獣の身のこなしで避け、かがんだ偽アグレッサーが烈に足払いを仕掛ける。

　そこから先は、日秋の目には捉えきれなかった。人間には不可能な速さで凶器の四肢をくり出す二人の、残像を追うのが精いっぱいだ。

　……信じられない。

　肉弾戦で烈と互角にやり合える者が存在するなんて。部下を引き連れた弐号さえ、トレーニングで片腕を封印された烈に一分ももたずに全滅させられてしまったのに。必死に凝らした目には、烈の方が優勢に見えるのだが…。

「烈……！」

　お願い、死なないで。

　こぼれた祈りに、反応したのは烈だけではなかった。つかの間、烈の喉を締め上げようとしていた偽アグレッサーの手が止まる。

次の瞬間、高い銃声が響いた。

『ぐあっ……』

手を撃ち抜かれた偽アグレッサーが悲鳴を上げる。ずきんと胸が痛んだ。悲鳴さえも烈にそっくりだ。

『投降しろ。二度目は無いぞ』

小型拳銃を構えたバルタザールが警告する。服の内側にでも隠していたのか。あの一瞬の隙に小さな的を正確に射貫くとは、すさまじい腕前だ。

撃ち抜かれた手から大量の血をしたたらせながら、偽アグレッサーはもう一方の手を挙げた。すると天井の大穴から円盤形の無人機《ドローン》が舞い降りてくる。

『待て！』

意図を察したバルタザールが拳銃を連射するが、無人機はひらりひらりとかわす。遠隔操作しているのは相当な技量の主のようだ。偽アグレッサーが無人機から伸びたハンドルを掴むと、小型のボディに似合わぬパワーで飛翔する。

「…行かせるか！」

烈は積み上がった瓦礫を足場代わりに連続で跳躍していく。その手が偽アグレッサーの足を掴む寸前、無人機の側面から機銃が伸びる。銃口が狙う先は――日秋。

「こ、……のぉおっ！」

『やめろ！　……を殺すな！』

烈の咆哮と、偽アグレッサーの叫びが重なった。

……偽アグレッサー、今何て？

疑問を解消している余裕は無い。日秋は近くの瓦礫の陰に転がり込んだ。

ガガガッ、と機銃の弾がコンクリートを削っていく。瓦礫の足場を逆戻りした烈が日秋を片手で抱え、跳び退きながらもう一方の手でコンクリートの破片を投擲《とうてき》する。

烈の驚異的な膂力《りょりょく》によって加速されたそれは、砲弾にも劣らぬ威力を纏った。無人機はフルパワーで上昇して回避し、天井の大穴から飛び去っていく。無人機に攻撃をやめさせようと、じたばたもがく偽アグレッサーごと。

『た、……助かった、のか？』

遠ざかっていくプロペラ音が完全に聞こえなくなると、ステージのあった方から気の抜けた声がした。あれは…ニューマンだ。崩れた瓦礫の隙間に隠れていたおかげで無事だったらしい。

『さっきのは…、アグレッサー？』

『何てパワーなの…。まさかここが襲われるなんて…』

同じように息をひそめていた招待客たちが次々と起き上がる。烈たちの戦いに圧倒されていた傭兵たちは、慌てて招待客たちの救出を始めた。

「…逃げるぞ、烈」

日秋が耳打ちすると、烈は真剣な表情で頷いた。おっつけ軍も駆け付けるだろう。偽アグレッサーと同じ顔をした烈が見付かったら、とんでもない騒ぎになる。

『――どこへ行くつもりだ？』

そっとホールを出ようとした二人の前に、バルタザールが立ちはだかった。…まずい。この男は偽アグレッサーと烈の顔を近くで目撃している。

『連れが怪我をしたので帰らせてもらうところだ。ここで起きたことには口をつぐむと約束しよう』

流暢な英語で返す烈は知らない大人の男のようで、いつもの口調に慣れた日秋には違和感が大きい。

バルタザールはふっと唇に尊大な笑みを纏わせる。

「慣れた言葉で構わんぞ、アグレッサー。貴様の飼い主どのが戸惑っているようだ」

ごく自然に、アナウンサーのようになめらかに紡がれたせいで、気付くのが遅れてしまった。バルタザールが日本語を喋っていることに。…烈をアグレッサーと呼び、日秋を烈の飼い主と称したことに。

「ミスター…、貴方は……」

「申し遅れたが――」

喉を震わせる日秋に、バルタザールは腕時計型端末をかざしてみせた。ぼうっと浮かび上がったホログラムの徽章《きしょう》は、地球儀と剣。犯罪者をどこにも逃がさないという理念を表現しているのだと、警察学校で習ったことがある。

「俺はバルタザール・ディートフリート・シュバルツシルト。インターポールの違法ナノマシン専任捜査官だ」

三十分ほど後。

日秋と烈はイレクスタン随一の高級ホテルのスイートルームに連行されていた。バルタザールがフロアごと借り切っているのだそうだ。

「…なあ日秋、あんな金髪野郎なんてぶちのめして逃げようぜ」

リビングのソファに並んで座った烈がこそりと耳打ちする。ついでにキスしようとするのを押しのけ、日秋は首を振った。

「駄目だって何度も言っただろう。あの人はインターポールの捜査官だぞ」

提示されたＩＤを照会してみたが、確かに本物だった。

インターポールは世界じゅうに根を張る巨大組織であり、烈はそこに国際指名手配されたテロリストである。バルタザールを振り切って逃げても、大人数の追っ手を差し向けられるだけだ。勝手のわからない外国でそんな事態は避けたい。

「飼い主どのは賢明だな」

キッチンから戻ってきたバルタザールが、不敵に笑いながら日秋と烈の前にコーヒーカップを置いた。わざわざ自分で淹れたらしい。インスタントとは違う豊かな香りが鼻腔をくすぐる。

「熱いうちに飲むがいい。羹《あつもの》に懲《こ》りて膾《なます》を吹くほど愚かではなかろう？　それに毒を盛って捕らえようなどと、けちな考えも持ち合わせてはおらん」

「何だと、この…」

「お心遣い、ありがとうございます。…ミスター・シュバルツシルトは日本語が本当にお上手なのですね」

日秋は牙を剥いて威嚇《いかく》しようとする烈を肘鉄で黙らせた。

バルタザールはテーブルを挟んだ向かい側に腰を下ろし、自分のコーヒーに口をつける。白磁のカップを傾ける仕草は堂々としていながら、目を奪われるほど優雅だ。

「さほどでもない。まだ習得したばかりだからな」

そうは言うが、羹に懲りて膾を吹く、なんて今時日本人でも使う者は少ない。

羹…具入りの汁物を食べたらとても熱くて懲りたので、冷たい膾を食べる時さえ息を吹きかけて冷ます――ある失敗に懲り、用心深くなるあまり要らぬ心配をしてしまうことの例えだ。バルタザールに連行されても、必要以上に己の身を案じるのは愚かだと言いたいのだろう。

……つまり、会場での会話はほぼ筒抜けだったってことか。

偽アグレッサーが現れてからは、聞かれてまずいようなことは話していないはずだが、用心しなければならない。バルタザールがその気になれば、すぐにでも日秋たちの身柄を拘束することが可能なのだ。

「ミスター・シュバルツシルト…」

「バルタザールでいい。謙虚の美徳を否定するわけではないが、我らは言わば同じ獲物を追う狩人同士だ。遠慮は無しで行こうではないか。俺も日秋と呼ばせてもらおう」

「テメェッ！」

青灰色の瞳をぎらつかせ、烈がテーブルを殴り付ける。

芸術品と呼んでもいい黒檀のテーブルにひびが走るが、日秋は止めなかった。…止められなかった。何故今日初めて会うはずの男が日秋の名を知っている？　それにこの男は、さっきも烈をアグレッサーと呼んだ。

「日秋を日秋って呼んでいいのは俺だけだ！　日秋のイヌでもないくせに、偉そうにすんじゃねえ！」

「いや、怒るのはそこじゃないだろ!?」

思わず突っ込むと、バルタザールは碧眼をしばたたき、長い指先で白磁のカップをとんとんとつついた。

「予想以上に手懐けているようだな。では霜月と呼ぼう。…それとも、『イレブン』の方がいいか?」

「…何のことでしょうか?」

「とぼけなくていい。俺は知っている。霜月日秋、貴様が半年前まで警視庁公安五課の刑事であったことも、アグレッサーのマスターであることも…ハッカー『イレブン』であることもな」

ソーサーに戻されようとしていたカップが、バルタザールの手から消えた。ついでに隣の烈の姿も。

いや、先に消えたのは烈の方だと理解したのは、バルタザールの背後に回り、その首筋にカップの破片を押し当てる烈を見た後だ。烈なら凶器など無くても簡単にバルタザールを殺せる。わざわざ破片を使ったのは恐怖を煽るためだろう。

まともな人間なら、まき散らされる殺気に呑まれて動けない。

「…っ…、さすがはアグレッサー。こうでなくてはな」

だがまともではないバルタザールは唇を吊り上げ、足元の床を踏み付けた。ぱかっと開いた天井から現れたボウガンが烈に狙いを定め、連続で矢を放つ。

烈は持ち上げたクッションで矢を受け止め、ハリネズミのようになったクッションを放り捨てざまソファを蹴り上げた。

バルタザールは引っくり返ったソファと一緒に跳び、胸元に手を入れる。そこにはさっき、偽アグレッサーの手を撃ち抜いた小型拳銃が――。

「……駄目だ烈、やめろ！」

殺られる前に殺る。殺意を張らせる烈に、日秋は叫んだ。もしも自分の予想が正しかったとしたら、バルタザールは…。

「どうしてだよ、日秋!?　こいつはお前のこと…」

「ああ、知ってるみたいだな」

だからこそ用心しなくてはならないのだ。日秋は立ち上がり、胸元に手を入れたままのバルタザールに歩み寄る。

「小細工はやめて頂けますか、ミスター。僕たちが貴方に付き合ったのは、有意義な情報を交換出来るかもしれないと思ったからです。そうでないのなら帰らせてもらいますが」

「……く、くっくっくっ。アグレッサーの飼い主も一筋縄ではいかんか」

バルタザールは手を戻し、ジャケットの胸元を引っ張ってみせる。露わになったシャツの脇部分には革製のホルスターが装着されているが、肝心の拳銃は無い。空っぽだ。

「……どういうことだ？」

「この人は発砲するふりをして、わざとお前に手を出させようとしたんだ。負傷すれば傷害の現行犯で逮捕出来るからな」

相手が丸腰なら殺人未遂罪に問われるかもしれない、と付け足せば、きょとんとしていた烈もようやく理解したらしい。

「て、テメェっ…！　ふざけたことしやがって…俺は絶対、テメェなんかに捕まったりしねえぞ！」

「だろうな。貴様を捕らえるのは、俺には不可能だ。身をもって理解した。貴様は特別な存在だと」

「……お、おう？」

すんなり認められ、肩透かしを喰らった烈が目をぱちくりさせる。

バルタザールは引っくり返ったソファを元に戻して座ると、日秋たちにも座るよう勧めてきた。大人しく従えば、興味深そうに問いかけられる。

「俺がアグレッサーを挑発しているのだと、何故わかった？」

「…貴方は最初、ボウガンで烈を攻撃しました。室内なので跳弾を怖れたのでしょうが、だとすれば拳銃を撃つのはおかしい。何か狙いがあるのだと思いました」

「冷静だな。飼い犬が撃たれそうになって焦らなかったのか？」

「ミスターもおっしゃっていたではありませんか。貴方では烈を捕らえられません。ましてや負傷させるなんて、何があろうと不可能です」

「日秋ぃ……！」

破顔した烈が横からぎゅっとしがみ付いてくる。紅く染まった頬をすりすりと擦り寄せながら。

「さすが俺の飼い主様、よくわかってくれてるじゃねえか！　あんたが望むならこんないけすかない金髪野郎、めったためたのぎったぎたに…」

「しなくていいから」

烈が口を出すと、手や足も同時に出る確率が非常に高い。話をスムーズに進めるため、不本意ながらもしがみ付かせたままにしてバルタザールに向き直る。

「そろそろ話して頂けますか？　貴方が僕たちの素性をご存知の理由と、ここに連れて来たわけを。烈を逮捕したいのではないのでしょう？」

「ああ。……俺にはどうしても突き止めたい、いや、突き止めなければならないことがあるのだ」

バルタザールは頷き、語り始めた。

インターポール――国際刑事警察機構《ICPO》は、国際的な犯罪の防止や解決のため、加盟国相互間で協力する組織だ。その職員は加盟各国の警察組織から出向した者が大半であり、いずれも国の威信を背負ったエリートである。日本の警察庁からも職員が出向している。

しかしごくわずかながら、警察官ではないにもかかわらず、高い技能を買われてインターポールに直接雇用される職員も存在する。

「それがこの俺だ。十年分の予算と同額の寄付を提示したら、最上級待遇で迎えたいと申し出があった」

「なあ日秋、それって買収…」

「しっ、黙ってなさい」

烈の口をふさぎ、続きを促すと、バルタザールは気にした様子も無く従った。

――実業家としてこれ以上無いほどの成功を収めていたバルタザールが、インターポールの捜査官に転身した理由。それは異母弟、ユリアンの不審な死だったのだという。

ユリアンはバルタザールの父親が使用人に手をつけて産ませた子だが、バルタザールは弟として可愛がっていた。顔は似ていないものの、バルタザールと同じ金髪に碧眼の、優秀な頭脳の主だったそうだ。大学卒業後はアムリタの研究施設に入り、熱心に生物工学の研究をしていた。

しかしユリアンは二年前のある日、死体となって海に浮かんだ。死後しばらく経っていたため腐乱が進んでおり、司法解剖とＤＮＡ鑑定にかけられた。

その結果、ユリアン本人に間違い無いと判明したが、腐乱しすぎていて死因は特定出来なかった。争った形跡などは発見されず、ユリアンの同僚たちが『ユリアンは最近何か思い詰めている様子だった』と証言したことから、現地警察は発作的な自殺に及んだものと推察した。ユリアンが海に落ちたと思われる地点には高い柵が巡らされており、事故の可能性は低い。

　バルタザールは納得出来なかった。ユリアンとはこまめに連絡を取り合っていたが、悩んでいる様子など無かったし、死ぬほど追い詰められているのなら絶対に気付いたはずだという自負もある。

　事故でも自殺でもなければ、何者かに殺されたとしか考えられない。

「だがユリアンは俺に似て、人と争うことを好まない穏やかな性格だった。殺されるほどの恨みを買っていたとは思えない」

「なあ日秋、こいつに似てたら恨み買いまくりだったたんじゃ…」

「しっ、黙ってなさい」

　そこでバルタザールが注目したのはアムリタだった。実業家として、あまりに急速に発展したアムリタにきな臭いものを感じていたのだ。だからユリアンにはアムリタを辞めるよう何度も説得していたのだが、ユリアンは『研究をするには最高の環境だし、いい上司にも恵まれたから』と聞き入れなかった。

　人脈と情報網をフル活用して調べるうちに、バルタザールは気付いた。スラム街の難民や子どもたちが定期的に拉致され、アムリタの研究施設に連行されていることに。

研究所が彼らのような存在を必要とする理由は一つしか無い。……人体実験だ。

人体実験はあらゆる国家で禁止されている。ユリアンは優しい男だった。もしや違法な研究に従事させられそうになり、拒んだせいで殺されたのではないか？　バルタザールはそう考えた。それなら同僚たちのありえない証言にも納得がいく。

アムリタに対する疑念を強めたバルタザールだが、富豪とはいえ私人に過ぎない身では、それ以上の捜査は難しかった。だから強引な手を使ってインターポールに入り、違法ナノマシン専任捜査官になったのである。

かつてインターポール捜査官は捜査権も逮捕権も持たなかったが、世界規模の犯罪が日常化した現代では、加盟国においてある程度の権限を認められている。日本もこのイレクスタンも、そしてアムリタの本拠地であるエーデルシュタイン公国も加盟国だ。インターポールの活動は基本的に加盟諸国から出資される分担金によって維持されている。

捜査を進める中、バルタザールが注目したのはアグレッサーだった。

アグレッサーに狙われるのは、バルタザールもアムリタとのつながりがあると推測していた施設ばかりなのだ。新人捜査官が気付いたのだから、当然他の捜査官たちも気付いていただろう。

だが彼らはエーデルシュタイン公国から納められる莫大な分担金を失うことを怖れ、アムリタ関連の犯罪はスルーするのが暗黙の了解となっていた。バルタザールの捜査も、普通なら周囲の圧力に押し潰されてしまっただろう。

「エーデルシュタイン公国より高額の分担金を個人的に納めたところ、誰も何も言わなくなったが。正義の実現をしろということだろうな」

「なあ日秋、こいつやっぱり買収…」

「しっ、黙ってなさい」

もしやアグレッサーは、アムリタの違法研究について何らかの情報を持っているのでは。バルタザールは何としてでもアグレッサーとコンタクトを取りたくなった。

その矢先のことだ。日本の警視庁によってアグレッサーが逮捕され、死刑が執行されたと聞いたのは。

絶望しかけたバルタザールだが、五課の不祥事が明るみに出たことで希望を取り戻した。死刑に処されたと見せかけ、スレイブにされていたアグレッサーの行方は杳《よう》として知れない。誰が五課の不祥事を公安委員会やマスコミに漏洩《リーク》したのかも、公にはされていない。

だがバルタザールは確信していた。あんなことをやってのけられるのは、アグレッサーしか居ないと。そして彼のマスターも協力していたのだと。鉄壁のセキュリティを誇る研究所のメインサーバーから違法な人体実験の動かぬ証拠となった動画を抜き取る技術は、アグレッサーには無いものだからだ。

シュバルツシルトの力も駆使して調査した結果、五課所属の刑事は全員五課解体と同時に懲戒免職されたが、たった一人だけ、事件が明るみに出ると同時に辞職した刑事が居ると判明した。

その刑事、霜月日秋こそアグレッサーのマスターだ。そう推測したのは、バルタザールが多言語に堪能であり、『霜月』が陰暦十一月を示すと知っていたからである。

十一月、十一……イレブン。ハッカー『イレブン』の名はバルタザールの耳にも届いている。日秋が『イレブン』であり、アグレッサーに協力していたのなら、漏洩も成功するだろう。

とは言え、全てはバルタザールの推測に過ぎない。動かぬ証拠を得、アグレッサーとコンタクトを取るにはどうすればいいのか。思案しているところに、偽アグレッサーの事件が起きた。

「……俺はそいつが本物のアグレッサーである可能性が高いと判断した。あの手口に加え、襲撃された施設の頭文字をつなげていくと『ｅｌｅｖｅｎ』になるからな」

バルタザールはいつの間にか足元にあったアタッシェケースにそっと手を入れた。パーティー会場でどう見てもサイズの合わない武器を大量に取り出していた、あのアタッシェケースだ。

日秋と烈が固唾《かたず》を呑む中、アタッシェケースから引き出された手は白磁のカップを持っていた。ほかほかと白い湯気。熱いコーヒーに満たされているようだ。

「なあ日秋、あれってやっぱり四次元ポケ」

「しっ、黙って。……ミスターも頭文字のことに気付いていらしたんですね」

烈の口をふさぎながら尋ねると、バルタザールは熱いコーヒーを美味《うま》そうに飲み、薄い唇をわずかにほころばせた。

「飼い主どのもか。だから今日のパーティーに？」

「はい、潜入しました。ネストルのサーバーにダイブし、招待客リストを改ざんして」

「フガッ!?」

口をふさがれたまま、烈がぶんぶんと首を振る。自分が『イレブン』であると、日秋が認めたも同然のことを言ったからだ。

「いいんだよ、烈。ここでしらばっくれたって、この人はどんな手を使っても絶対に真実を突き止める。それくらいなら、今認めてしまった方がいい。…そうですよね？」

「フガッ！　フガアアッ！」

「…慧眼《けいがん》、恐れ入る。日本の警察官に対する印象を改めなければならないようだな」

暴れる烈と日秋を見比べ、バルタザールは碧眼を上機嫌そうに細める。

「貴方が日本の警察官にどのような印象を抱いていらっしゃるかはわかりませんが、僕はもう警察官ではありませんので」

「そうだったな。『イレブン』であり、アグレッサーのマスターか。警察官の身分に縛られるのはあまりに惜しい。貴殿と巡り会えたのなら、ニューマンの尻を叩いた甲斐があったというものよ」

「ニューマンの？　まさか…」

今日のパーティが開かれたのは、有力な出資者が開催を強く望んだせいだったという情報を思い出す。

「そうだ。俺がニューマンに命じた。最後に狙われるとしたらあそこしか考えられなかったから、アグレッサーが襲撃しやすいようにな」

「もしかして、ネストルの研究員が獲った賞も…」

「俺が作って進呈した。シュバルツシルトの後援を得られるのだ。泣いて感謝していたぞ」

口を解放された烈が、うげっ、と呻きを漏らす。今日のパーティーは最初から最後までバルタザールの仕込みだったというわけだ。

「全ては目論見通り運んだ。…想定外だったのはアグレッサー、いや、偽アグレッサーだ」

バルタザールは白い指で顎をなぞった。明晰な頭脳の中には、烈と対等にやり合っていた偽アグレッサーの姿が浮かんでいるのだろう。

「会場を襲撃するなら、軍の警備が比較的手薄な裏口からだと想定していた。だがあの男は何の前触れも無く、天井を打ち壊しながら現れた。重機はおろか道具すら使わず、己の身一つでだ。アグレッサーが起こした一連の事件について、完璧にプロファイリングしておいたつもりだった。…しょせん想像は現実の欠片《かけら》に過ぎないと、思い知らされた」

その気持ちはわかる気がする。日秋も烈が機動隊と戦う場面に遭遇した時、自力では絶対に勝てない強者に対する本能的な畏怖を抱いたものだ。

「……何でだ？　建物は生き物と違って動き回らないんだから、ぶっ壊すのは簡単だろ」

何もわかっていない烈がきょとんと首を傾げる。バルタザールの碧眼に、かすかな怖れが滲んだ。

「偽アグレッサーもそう考えて、天井から襲撃したのか？」

「さあ？　俺はあいつじゃないからわかんねえ。……ただ……」

烈は日秋を抱き寄せ、つむじに埋めた鼻先を何度もうごめかせると、言葉を続ける。

「何か、むちゃくちゃやる気が無さそうだとは思った。俺は日秋の命令だったらどんなことでも喜んでやるけど、あいつは嫌々やらされてるみたいな…」

「やらされている？　…何者かが偽アグレッサーに指示を出しているということか？」

バルタザールがはっとしたように身を乗り出す。日秋も心臓が高鳴るのを感じた。偽アグレッサーに指示を出している誰か……。

「だから、そんなのわかんねえってば。けど、あいつがやりたくてやってるわけじゃないのは確かだと思うぜ」

「ならば、偽アグレッサーの背後に何者かが存在するのは確実だと思っていいだろう。…アグレッサー。聞きたいことがある」

「…何だよ」

「あの男…偽アグレッサーは貴様の兄弟、あるいは親族か？」

そう考えるのは当然だろう。偽アグレッサーは烈にうり二つだった。双子の兄弟と見まがうほどに。烈と偽アグレッサーを見て、血のつながりを疑わない人間は居ないはずだ。

「さあな。俺は生まれてすぐスラムに捨てられたんだ。親の顔も見たことねえのに、兄弟が居るかどうかなんて知らねえよ」

「……、そうだったか」

バルタザールが気まずそうに顔を逸らした。白い横顔に漂う後悔を意外に思いつつも、日秋は思考を巡らせる。

……コピーしたみたいにそっくりな二人が赤の他人とは考えにくい。双子でも親族でもないとしたら、いったい……。

「あ……」

さあっ、と全身から血の気が引いていった。…とてつもなく嫌な可能性が閃いてしまったのだ。

烈は幼い頃、アムリタの研究施設に囚われていた。その際に烈の細胞が奪われ、保管されていたとしたら？

アリエスの情報が確かなら、ヒトのクローンはすでに完成し、アムリタに『出荷』されている。

――偽アグレッサーは、アムリタの意を受けたニューマンによって造り出された、烈のクローンなのではないか？

恐ろしいことに理由はすぐ思い付く。異常なまでに人体強化用ナノマシンにマッチした、烈と同じ遺伝情報の肉体を作るためだ。クローンも烈と同じ適性を持つのなら、烈を捕らえるまでもなく、強力な兵士を作り出せる。

「日秋……」

烈の腕がかすかに震えている。たぶん烈も日秋と同じ可能性に思い至ったのだろう。日秋たちの動揺を、バルタザールが見逃すわけがなかった。とん、とテーブルを長い指でつつき、自分に注目させる。

「――飼い主どの、アグレッサー」

「……」

「何を知っている？　…いや、ネストルで何を知った？」

……この人は、気付いている。

パーティー会場から姿を消していた間、日秋と烈がネストル内部を探っていたことに。

そこでバルタザールの知らない重要な情報を得たことに。

　烈の腕に力がこもる。日秋が頷けば、バルタザールは烈の手によってもの言えぬ骸《むくろ》と化すだろう。

　いざという時にはそうするしかないのかもしれない。でも――。

「それを聞いて、貴方は僕たちを…いえ、アグレッサーをどうするつもりなのですか？」

　意外な問いだったのか、バルタザールはぴくりと眉を震わせた。

「…アグレッサーの犯してきた罪は重いが、アムリタの罪はさらに重い。アグレッサーの境遇には同情すべき点もあるようだ。情状酌量の余地はじゅうぶんにある」

　同情すべき点とは、烈が生まれてすぐスラムに捨てられたことだろう。

ちり、と胸が火傷《やけど》をしたように疼いた。確かにスラムは劣悪な環境だ。でも烈は腐ること無く、生まれ持った生命力で逞しく生き抜いていたのに――。

「同時に、アグレッサーに罪を犯した理由と己の出自を語らせる。そうすれば全世界がアムリタに疑いの目を向ける。その罪を追及しようという機運も高まるはずだ」

「……烈を、見世物にするつもりなんですか」

「巨悪を倒すための礎《いしずえ》になってもらうだけだ。アグレッサーは己の罪を償い、アムリタの毒牙にかかる運命だった数多の命が助かる。どちらも損の無い…そう、一挙両得ではないかね」

そして最も得をするのがバルタザールというわけだ。アムリタが追い詰められれば、ユリアンの死の真相について探りやすくなる。その上巨悪を暴いた正義の捜査官としての名声まで獲得出来る。……烈を見世物にするだけで！

日秋はぐっと拳を握った。強く握り込んでいなければ、バルタザールに掴みかかってしまいそうだ。

「……ふざけるな、この野郎」

「え、え？　日秋？」

めったに出さないどすの利いた声に、烈が困惑している。…たぶん烈はバルタザールの発言に対し、何の感情も覚えていない。怒りも悲しみも屈辱も。

バルタザールとて、烈のためにもなる提案だと心から信じているのだろう。自分の利益だけを求めているのなら、わざわざこうして話す必要は無い。インターポールとシュバルツシルトの人員を使い、拘束すればいいだけの話だ。

わかっていても許せない。列を…、…日秋の可愛いイヌを見世物にするなんて！

「か、飼い主どの…？」

従順な子猫だと思っていたら、実は虎だった。そんな顔のバルタザールに、日秋は一礼して立ち上がる。

「貴方にお話しすることはありません。…帰るぞ、烈」

「……っ…」

「ああ！　日秋！」

烈は晴れ晴れとした笑顔になり、日秋を抱き上げた。

いつもなら振り解くところだが、今日は大人しく身を任せる。自分で歩くより、烈に運ばれた方が早くバルタザールの前から去ることが出来る。

「…そう言われて、はいそうですかと帰すと思ったのか？」

立ち直ったバルタザールが端末を操作すると、壁に偽装されていた扉が次々と開き、屈強な男たちがなだれ込んできた。銃火器こそ装備していないが、ごつい拳に嵌めたナックルダスターやトンファーはじゅうぶんな脅威だ。

…普通の人間にとっては。

「やっつけて、烈。早く帰りたい」

つんと顔を背け、尊大に命じる。牙を覗かせ、悪辣に笑う烈に屈強な男たちがたじろいだ。

でも、もう遅い。

この男こそが侵略者《アグレッサー》――日秋のイヌなのだから。

「俺の可愛い可愛いご主人様の命令だ。…ちゃちゃっとやっつけてやるぜ」

烈の全身に闘志が漲った。

烈は日秋を抱いたままバルタザールの配下を瞬く間に全滅させ、強化ガラスの嵌め込まれた廊下の窓をぶち破りながら追撃部隊を振り切るという離れ業をやってのけた。

その後、端末の位置情報を頼りに迎えに来てくれていた弐号の車に乗り込み、ようやく隠れ家に帰還すると、出迎えてくれたアンバーは日秋の顔を見るなり強い口調で言った。

「休んで下さい、マスター」

「…え、でも…」

パーティー会場で起きたことや、偽アグレッサーとの遭遇、バルタザールについてなど、伝えなくてはならないことは山ほどある。休む暇なんて無いと反論する前に、弐号が深く頷いた。

「アンバーの言う通りだ。休息を取るのも戦士の務め。…アグレッサー」

「わかってる」

烈が珍しく息の合った動きでアンバーの開けてくれた扉をくぐり、日秋の部屋に入ると、ほとんど使われていないベッドに日秋を下ろした。マシンのモニターに映る自分の顔を見た瞬間、日秋は納得する。何故アンバーたちが自分を休ませたがったのか。

……酷い顔だ。

疲労と怒りで強張り、血の気も失せている。まるで幽霊だ。こんな顔をさらしていたのかと思うと、羞恥と情けなさが押し寄せてくる。…それに、後悔と自己嫌悪も。

「日秋…？」

掌で顔を覆ってしまった日秋を、隣に座った烈が心配そうに覗き込んでくる。暴れたせいで少しほつれたジャケットの肩口に、日秋はとんと頭をくっつけた。

「…僕は、取り返しのつかない失敗を犯した」

「失敗だって？」

「あんなふうに全面的に突き放さなくても、アリエスの情報と引き換えに、バルタザールから有益な情報を引き出せたかもしれない。僕が、もっと冷静でいられれば…」

顔を覆っていた手をぐいと引っ張られる。間近でまたたく青灰色の瞳は、歓喜に輝いていた。

「——俺は嬉しかったんだぜ、日秋」

「え…っ…？」

「あんた、俺のために怒ってくれたんだろう？　あの金髪野郎が俺を同情すべきとか、見世物にするとかほざきやがったから」

日秋の額に自分のそれをくっつけ、すりすりと擦り寄せる。弐号がセットしてくれた髪型はだいぶ乱れてしまったが、落ちかかる前髪がどきりとするほどの色香を漂わせていた。

「烈。……僕は、悔しかった」

「うん」

伝わってくる温もりが、怒りに固まりかけていた心を溶かしてくれる。

もっと温まりたくて、日秋はずるずると身を滑らせ、分厚い胸板に抱き付いた。わかってる、とばかりに背中を優しく叩いてくれる手が愛おしい。

「あの男が、お前ばっかり、悪いって、言うから。…お前は、何も悪くなんてない。悪いのは、アムリタなのに」

「うん」

「だから、…僕は、……僕は……」

しゃくり上げてしまった日秋を、烈は包み込むように抱き締めてくれる。…バルタザールは知らないのだ。烈がどんなに優しくて温かくて、繊細で傷付きやすいのか。知らないからあんなことが言える。

「あの金髪野郎から見たら、俺なんてごみ溜めのクソ虫みてえなものなんだろうな」

「れ、…つ…」

「でもなあ、日秋。俺の人生はあんたに逢えただけで大勝利なんだぜ。こんなに綺麗で優しくてエロいご主人様なんて、どこを探したって居やしねえよ」

「烈、…烈、……烈……」

ぶわりと溢れた涙が烈のシャツに吸い込まれていく。大勝利なのは日秋の方だ。烈が居ない人生なんて考えられない。

「……あの偽者野郎については、本当に何にも知らねえんだ」

やがて日秋の嗚咽《おえつ》が治まると、烈はぽつりと呟いた。

「ただ、アムリタの施設に捕まってる間、薬でぼーっとさせられてることもあったから、知らないうちに細胞を採取されてた可能性はある。…つうか、もうそれ以外考えらんねえだろ」

「…そう、だな」

烈に血縁が存在するかどうかはわからないが、あの人間離れした身体能力は遺伝で受け継がれるような代物ではない。人体強化用ナノマシンのもたらした力だ。偽アグレッサーという成功例があるのだから、他にも烈のクローンが存在する可能性は高い。

自分の知らないうちに同じ遺伝子を持つ他人が大量に生み出されるなんて、想像するだけでぞっとする話だ。烈の腕がかすかに震えている。きっと烈も、と同情していると、予想外の言葉が放たれた。

「……あの偽者野郎が俺のコピーなら、あんたに惹かれないわけがねえ」

「はっ…？」

「だってあいつ、ずーっと…とんずらする時さえもあんたをエロい目で見てた。絶対あんたを狙うに決まってる……！」

　冗談だと思いたいが、そっと見上げた烈は悲愴な表情で何やらうわ言のようにぶつぶつと口走っている。『百一匹の俺』、『大行進して押し寄せる』、『全員ぶっ殺す』。…百一人のクローン相手に戦う妄想にでも取りつかれてしまったのだろうか？

「…落ち着け、烈。いくらなんでも百一人はさすがに無いだろう。細胞にだって限りはあるんだから」

「で、でもよ、日秋…」

「何百人居たって、僕が愛しいと思うのはお前だけだ。……お前だけだよ、烈」

「日秋……！」

　ぱっと笑顔になった烈の頭を、よしよしと撫でてやる。さっきと逆だ。思わず吹き出せば、烈も笑った。しばらく笑い合い、どちらからともなく唇を重ねる。

　……あの偽アグレッサーがニューマンの、いや、アムリタの作り出した烈のクローンなら、頭文字が『ｅｌｅｖｅｎ』になるよう研究所を襲わせたのはアムリタだ。

　おそらくアムリタは、日秋が…『イレブン』がアグレッサーと行動を共にしていることを把握している。その上で日秋たちをおびき出すため、偽アグレッサーに研究所を襲わせた。『イレブン』なら必ず頭文字の謎に気付くと踏んだのだ。

　偽アグレッサーは撤退したが、本物のアグレッサーと日秋に遭遇したことは彼を通じてアムリタに伝わるだろう。日秋が『イレブン』であることも。

これからは隠れていられない。我が身をさらしてアムリタと戦うことになる…。

「大丈夫だ、日秋」

唇を離した烈が日秋を抱き上げ、向かい合う格好で膝に乗せる。

「あんたは俺が守る。何があっても、どんな奴からも」

「…百一人のお前からも？」

「もちろん。あんたのイヌは俺だけだって、教え込んでやるぜ」

力こぶを作ってみせる烈がおかしくて、日秋はくすくすと笑ってしまう。烈はまぶしそうに見詰めていたが、やがて耐えかねたように日秋を抱きすくめた。

「……ああっ、もう！　たまんねえ！」

「れ、烈？」

「さっきから何なんだよ、あんたは!?　あんたがタキシード着てるってだけでやばいのに、あの陰険傲岸不遜金髪野郎と対等に渡り合ったり、つんと澄まして俺に命令したり、むちゃくちゃ可愛く笑ったりさあ！　エロすぎるだろ？　俺、ずっとずっとずーっと、あんたをひん剥いて犯したいのを我慢してたんだぞ、すごくねえ!?」

すごい勢いでまくしたてられる。称賛されているのか、詰《なじ》られているのか、自慢されているのか。混乱した末、日秋はとりあえず謝ってみることにした。烈の腕の中から、じっと烈を見上げて。

「えっと…、…ごめん？」

「────っ！」

声にならない叫びをほとばしらせる烈の身体が、みるみる熱を帯びていく。青灰色の瞳に欲情の炎を燃え上がらせ、烈は日秋の肩を掴んだ。

「もうさあ…、俺、言っただろ…？　あんたはエロすぎるって。なのにどうして？　どうしてそんなエロいことするんだよ…」

「ご…、ごめん。その、エロいなんて思わなかったから…」

「────っ！」

再び声にならない叫びが溢れた。どうしよう、烈のエロスのツボがわからない。

「日秋が…、日秋の口から『エロい』って…綺麗で品が良くて凛としたタキシードの日秋が…」

「……お前……」

今の烈は日秋が何をしようと欲望を煽られてしまうらしい。尻のあわいに感じる烈の股間のものも、ぐんぐん熱く、硬くなっていく。

「なあ日秋…、これ…」

日秋の尻をいやらしく撫でながら、烈はあわいに股間を押し付けた。

「あんたがエロいせいでこうなっちまったんだぜ。悪いと思ってんなら、…責任取ってくれるよな?」

乱れたタキシード越しに、むわりと匂い立つ。わずかに吸い込むだけで日秋を酩酊《めいてい》させる、欲情した雄の色香が。

「……うん、烈」

……僕も、お前に抱かれたい。

言葉の代わりに髪を撫でてやれば、ごくり、と烈の喉が鳴った。もう我慢も限界のようだ。だがタキシードのジャケットを脱ごうとしたとたん、待ったがかかる。

「あんたが自分で脱いでくれるのもむちゃくちゃ興奮するけどよ…、今日はその…、ええと、あの…」

「……?」

「き、…着せたままヤりてえ! です!」

咆哮され、こいつどれだけフォーマルが好きなんだ、と引かなかったと言えば嘘になる。けれどそれ以上に、真っ赤になった烈を可愛いと…願いを叶えてやりたいと思ってしまったから。

「いいよ、烈。…お前の好きにして」

耳元で囁いた次の瞬間、日秋はベッドに押し倒されていた。

「あっ……」

自分にまたがった烈がさっさとジャケットを脱ぎ捨て、シャツまで脱ごうとしたので、日秋は思わず落胆の声を上げてしまった。

ごく小さな声だったが、烈の耳にはしっかり届いたらしい。どうした、と眼差しで問われ、渋々白状する。

「…もったいないなって、思ったから。よく似合ってたのに」

「っ…、俺をこんなにしたくせにまだ煽りまくるなんて、あんたは…」

烈はむしり取るようにボタンを外していた手を止め、もどかしげにズボンの前をくつろげた。下着からぶるんと飛び出した雄はすでに臍《へそ》につくほど反り返り、幼児の拳くらいありそうな先端から先走りをしたたらせている。

はだけたシャツから覗く、獰猛さを漂わせる鋼の胸板。きっちり着けられたままのカマーバンドに、黒絹の側線が入ったズボン。中途半端に残されたフォーマルの要素が烈に禁欲的な色気を添え、日秋を魅了する。

この男が自分のものだと思うだけで、身体が勝手に熱くなる。

「…烈、……」

吸い寄せられるように、日秋は充溢《じゅういつ》した雄に手を伸ばした。だが脈打つ刀身に触れようとしたとたん、手首を掴まれる。

「だ、…駄目だ、日秋」

「…どうして？」

「今、本当にやべえから…あんたに触られただけでいっちまう…」

それのどこがいけないのか、と思ったのが伝わったのだろう。烈はもう一方の手で日秋の腹をいやらしくさする。

「全部、あんたの中に出してえ…」

「…っ、烈…」

「あんたが俺の匂いをぷんぷんまき散らすくらい、中をいっぱいにしてやりてえんだよ…」

……そんなの、いつもしてるのに。

日秋は首を傾げたが、口には出さなかった。青灰色の瞳の奥に、いつもとは違う焦燥の色を見付けてしまったから。

だが、日秋が烈の大きすぎるものを蕾に迎え入れるには準備が要る。今にも弾けてしまいそうなこの雄が、それまで持つとは思えない。

だったら――。

「…烈、ちょっとそこに座って」

隣のスペースを指差すと、烈はいぶかしみながらも従ってくれた。日秋は身を起こし、開かせた烈の脚の間に入り込む。

「ちょ、…日秋⁉」

雄のそそり勃つ股間に顔を埋めようとしたら、がしっと肩を掴まれた。

「な、な、何、何するつもりなんだよ、あんた⁉」

「何って…お前のこれを、僕の…」

「く、口なんて駄目だ！　絶対に駄目だ！」

烈はぶんぶんと首を振るが、肩を掴む手にはさほど力が入っていない。股間の雄も期待に打ち震え、包んでくれるものを待っているように見える。

「僕の中に出したいんだろう？　…ここだって僕の中だぞ」

口を開け、見せ付けるように舌を出してやる。

しゃぶったことは無いけれど、肌に飛び散った烈の精液なら何度も舐め取ってきた。熱くこってりとした粘液が口内に絡み付いていく感触を思い出しながら唇を舐め上げれば、烈はぐうっと喉を鳴らす。

「で、でで、でも、あんたは、綺麗で純粋で、真っ白で…あんたの口は、俺に命令したり俺に可愛いこと言ったり、美味いもの食ったりするためのもので…」

「……烈、待て」

面倒になって命じると、烈はぴたりと口を閉ざした。日秋はごくりと息を呑み、支える必要も無いほど反り返った雄の先端に口付ける。

「……あ……」

とたんに噴き出した先走りが頬を濡らす。あっ、と頭上から落ちてきた声を無視し、日秋は熟した先端を口内に迎え入れていく。ゆっくりと、少しずつ。

偉そうに振る舞ってみても、他人の雄をしゃぶるのはちょっと怖かった。烈はいつも嬉しそうに、美味そうに日秋のものを貪るから、きっと気持ちいいのだろうと思っていたのだが。

……どうしよう、大きい……。

おまけにびくんびくんと脈打つせいで、うまく唇を這わせられない。無理にしゃぶろうとしたら、うっかり歯を立ててしまいそうだ。

おろおろと悪戦苦闘する初心《うぶ》な様子を烈がぎらつく目で見下ろしていることに、日秋は気付かなかった。大きな手が日秋のジャケットの背を伝い、尻を撫でる。

「日秋、…尻を、上げてくれ」

かすれた声で懇願されるがまま従えば、尻を覆うズボンの布地がびりっと引き裂かれた。抗議する間も無く下着も破られ、さらされた尻のあわいに指が忍び込んでくる。

「…ひっ、ああ…っ！」

唾液に濡らされていた指はたやすく蕾をくぐり、くちゅくちゅと媚肉を探り始める。敏感な粘膜を直接愛撫される感触に、全身がふにゃふにゃに蕩かされる。

口から出てしまっていた先端が、ぐにゅ、と催促するように日秋の頬を突いた。日秋は再び口を開け、早く中に入れてくれとねだるそれを口内に受け容れていく。烈みたいに唾液でしっかりと濡らしてやれば、きっと…。

「ん、んぅ、……んんっ……」

苦労していたえらの部分が滑り、がぽりと口内に嵌まり込んだ。むっちりとした弾力のそれは縮こまる舌を滑り、ぬるるるぅと喉奥へ進んでいく。

先端さえ入ってしまえばあとは楽勝だと思っていたが、刀身もじゅうぶんに太かった。限界まで開いた顎が外れてしまうのではないかと、心配になるくらいに。

……こんなに太くて長いのが、いつも僕の中に……。

きゅうっと媚肉が勝手に収縮し、いつの間にか二本に増やされていた指を食み締める。烈はくすりと笑い、腰を揺らした。弾みで行き止まりまで入り込んだ先端が、最奥の壁を突く。

「…何だ。想像しちまったのか？　ここに、…これをねじ込まれるとこを」

「ふ…っ、う、うう…っ…」

日秋は反射的に首を振るが、媚肉が指を美味そうに咀嚼《そしゃく》していてはごまかせるわけもない。雄の形に膨らんだ頬を、烈は愛おしそうに撫でる。

「俺はしたぜ。…いつもしてる。あんたの熱くて狭い中に精液をいっぱいぶっかけて、ぐちゃぐちゃにかき混ぜてやるところを…」

「ん、んっ、んぅっ…」

「今だってそうだ。あんたの腹ん中、犯してやりたくてたまんねえのに…くそ、どうしてあんたはどこもかしこも、こんなに気持ちいいんだよ…っ…」

緩やかだった腰使いが激しくなるのに合わせ、指も媚肉を容赦無く抉り始める。烈しか知らない性感帯の膨らみをなぞられ、まだ触れられてもいない性器に熱い血潮が流れ込んでいく。

「…う…っ、んっ、うう、うっ」

……駄目。このままじゃ、漏らしちゃう。

涙の滲んだ目で必死に訴えるが、それは烈の欲望を加速させるだけだった。獣めいた唸り声が聞こえたかと思えば、後ろ頭を押さえ付けられ、先端が喉奥の壁にむちゅうっと密着する。

「日秋、…日秋っ…」

「……ん、……っ！」

同時に弱い部分を指先に抉られ、頭の奥に白い閃光がいくつも弾けた。

先端からほとばしった粘液の奔流が喉奥を叩く。どろどろと喉を流れ落ちていくそれの熱さと、下着の中に広がる不快な感触に日秋は震えた。

その震えさえも烈には悦楽をもたらしたようだ。収まりかけていた奔流がまたどぷりどぷりと溢れ、喉から胃へ直接流し込まれる。刀身が脈打つたび、腹の中が烈に満たされていく。烈の望み通りに。

「…は…っ、……あぁ……」

ひどく気持ち良さそうに息を吐き、烈は腰を引いた。ぬかるんだ口内からゆっくりと抜けていく雄は、果ててもなお逞しさを失っていない。いや、日秋の唾液を纏い、さっきまでよりもいっそう凶悪さを増している。

「日秋…、やばい……」

烈は媚肉をかき混ぜていた指を引き抜くと、日秋の顔をそっと持ち上げた。

口内に逆流しかけていた大量の精液が、またどろどろと胃に流れていく。こくん、と喉を上下させれば、烈は青灰色の瞳を恍惚《こうこつ》と蕩かせる。

「俺のをしゃぶるあんた、エロすぎるのに…今、ここに俺の精液が入ってるって思うだけで、またすぐにでもいきそうになっちまう…」

細い喉をなぞっていた手がシャツ越しに腹をさする。さらにカマーバンドから股間をたどろうとした手を、日秋はとっさに掴んだ。

「…だ、駄目だ、烈。そこは…」

「何で？　……ああ、……」

烈は日秋を抱き起こし、ねっとりと耳朶《じだ》を舐めながら囁く。悪魔の囁きというものがあるのなら、きっとこんなふうに甘く鼓膜を溶かすのだろう。

「口と腹を犯されて、お漏らししちまったからか？」

「っ…、お、…お前、気付いて…」

「気が付くに決まってんだろ。イく時のあんた、俺にきゅうって喰い付いて放さねえんだから。…天国に連れてかれそうになるくらい、気持ちいいんだぜ」

うっとりと微笑み、烈は日秋をベッドに座らせる。

開かされた脚の間に入り込まれ、日秋は渾身の力で突き飛ばそうとするが、欲望に染まった逞しい身体はびくともしなかった。

「れ…っ、烈、駄目っ……」

日秋は頬を染めながら必死に懇願する。

だが烈はにやりと笑うだけで聞き入れず、鋭い爪で日秋のズボンを股間の部分だけ切り裂いた。露わになった下着は精液に濡れ、うっすらと性器を透かしている。

「ああ……っ……」

逃げ出したくなるほど恥ずかしい有様なのに、烈は青灰色の瞳を輝かせながら顔を埋めた。濡れた下着を羞恥に震える性器ごとしゃぶり、染み込んだ精液を夢中で味わう。ぐちゅぐちゅといやらしい水音をたてて。

「…や…っ、ああ、…っ、だ、…め、烈っ……」

駄目、と弱々しく囁くたび性器にやんわりと歯を立てられ、弱い電流にも似た快感が全身に広がっていく。

——何が駄目なんだ？

青灰色の双眸が上目遣いに問いかける。善がりまくる日秋を映し、情欲の炎を燃え上がらせて。

——こんなに濡らして、漏らしてるくせに。

「あ…っ、あん…、烈っ……」

達したばかりの性器がみるまに張り詰める。烈にしゃぶられたまま、また下着の中に漏らしてしまうなんて絶対に嫌だ。

でも烈はそれを望んでいる。薄い下着一枚、その鋭い牙で簡単に破いてしまえるくせに。

「…ね…、え、烈…、お願い…」

日秋は股間でうごめく黒髪に指を埋め、もじもじと腰を揺らした。応えは無いが、下着ごと性器を頬張った粘膜がいっそう熱くなったから、聞こえているのは確かだ。

「次は、…下の口で烈をしゃぶりながらいきたい…」

「…ぐ…、……」

「烈の大きいので中をいっぱい拡げられて、たくさん、出して欲しい…」

駄目？　と甘くねだったのがとどめだったようだ。ふるふると震えていた烈がやおら顔を上げる。

「あんたは…、あんたは、あんたはっ……！」

咆哮しながら日秋を四つん這いにさせ、ズボンの裂け目を広げる。破れた下着から覗く蕾に、火傷しそうなほど熱い先端があてがわれた。

「あ…っ、ああ、あ――…っ！」

息を整える間も無く、灼熱の塊に媚肉を割り開かれる。毎夜何度も受け容れているはずなのに、腹を内側から食い破られそうな質量と熱さに喘がずにはいられない。ともすれば折れてしまいそうな腕を、必死に突っ張って。

「綺麗で可愛くて気高くて清らかでエロくて、…エロくて、エロくて…っ…」

烈は日秋の尻たぶを揉みまくり、勢いよく腰を突き入れては引くのをくり返す。罰するように、苛立ちをぶつけるように。…日秋を揺さぶっていなければ、呼吸すらままならないかのように。

「…あっ…ん、あっ、あぁ…、あっ…」

「俺でいっぱいにしてやらなきゃ…、腹がぱんぱんになって動けなくなるくらい、みっち

みちにしてやらなきゃ…！」

どちゅんっ、とすさまじい勢いで蕾を貫いた雄が最奥のすぼまりを突き抜け、さらに奥へ嵌まり込む。毎夜烈に明け渡している、…烈にしかたどり着けない秘密の場所に、熱い飛沫《しぶき》がまき散らされる。

「……、…………っ！」

同時に下着の中がまた濡れるのを感じ、日秋は軽いめまいに襲われる。

隠しておきたいけれど、烈には絶対にばれてしまったはずだ。だって媚肉が雄にきゅうっと喰らい付き、放そうとしないのだから。

「…っ…、中に出されていったのか、日秋……」

ぐぽ、ぐぷ、と自分だけのための場所を突きまくり、出された精液を泡立てながら、烈は日秋の下着の中に手を滑り込ませる。

「…ああ…、濡れてる…」

「あぁっ…、や、あ…っ、烈…っ…」

精液にまみれた肉茎がいやらしく揉みしだかれ、にちゅっにちゅっと粘ついた音をたてた。こんなに濡れたら下着では受け止めきれず、外に漏れてしまっているに違いない。

「日秋…、最高だよ、あんたは…」

烈がゆっくりと背中に覆いかぶさってくる。ずりゅ、とまた雄が角度を変えながら奥を侵略する。

「綺麗で優しくて可愛くて最高にエロい…。あんたは俺だけの、…最高のご主人様だ…」

「ひぃっ、あ、……あ！」

ごぽ、がぷ、と雄が隘路をかき分ける。いつもより深く狭いそこは、絶対に他人を入れてはいけない場所だと本能が警告している。

でも、烈が望むなら。

「烈…、…あんっ…、烈ぅっ…」

折れてしまいそうな手に力を込め、尻を振る。少しでも奥へ烈を誘うために。少しでも奥に注いでもらうために。

ぐるるぅっ、と烈の喉が鳴った。

「日秋、……好きだ……」

一旦引いた腰を一息に突き入れられる。烈に圧し掛かられていなかったら、弾みで下肢が浮き上がっていたかもしれない。

「好きだ、好きだ好きだ好きだ…、あんたが、…あんただけが欲しいっ…」

ずちゅ、ずぷっ、と抜き差しされる雄が媚肉をこそぎ、烈のための道を拡げていく。激しく腰を叩き付けられるせいで、尻がひりひりと痛んだ。だがその痛みさえも、今の日秋にとっては身体ごと溶けてなくなりそうな快感を煽るスパイスでしかない。

「あっ、ああっ、あ…、あぁ、…んっ…」

押し寄せてくる快感に目をつむれば、まぶたの奥で白い光が弾けた。

脳天を絶頂の波が突き抜け、烈の手の中の肉茎がぷるぷると震える。ぐるっ、と獣めいた唸り声が聞こえた直後、シャツから覗く項に勢いよく歯を突き立てられた。

「ひ、……！」

日秋は声にならない悲鳴をほとばしらせるが、烈は構わず鋭い牙を食い込ませる。獲物を仕留める猛獣のように。

やわな皮膚を食い破った牙が沈み込むたび、日秋の身体はびくんびくんと跳ね、腹の中のものを食み締める。

「…出すぞ、日秋…あんたの、一番奥に…」

血の滲んだ項を舐め上げ、烈が根元まで雄を埋める。従順な媚肉は歓喜にざわめきながら最奥のさらに奥へ迎え入れた。

「…うん、…烈…」

いっぱい出してとねだる代わりに腰をくねらせる。

咆哮と共にぶちまけられるさっきよりも大量の精液を、日秋はベッドにくずおれながらうっとりと受け止めた。

ちゅっ、ちゅっ、ちゅっ。

サイドランプだけが灯された薄暗い部屋で、甘い口付けの音がしっとりとした空気を絶え間無く揺らしている。

「可愛い、日秋」

横臥《おうが》した日秋に背後からぴったりと重なり、烈が項を吸い上げる。

その長い脚は日秋のそれに絡まり、股間のものは日秋の尻に密着していた。数え切れないほど射精したにもかかわらず、熱と逞しさを保ったまま。長く激しいまぐわいもようやく終わり、汚れた身体をシャワーで洗い流した後なのに。

「俺の日秋、可愛い日秋、綺麗で優しい日秋」

「…っ…、烈……」

「好きだ、日秋。俺にはあんただけ…、あんただけを愛してる…」

押し当てられた雄がまた熱を増し、尻のあわいに食い込んでくる。すでに限界まで搾り取られ、突き飛ばしてやるだけの体力も気力も残っていない。

しかも目の前は壁だ。さっきから烈ににじり寄られるたび転がって距離を取ったが、とうとう追い詰められ、逃げ場を失ってしまった。

「好きだ、好きだ、好きだ…日秋、大好きだ…」

「……もうっ！　やめろってば！」

　耳に吹き込まれ続ける甘い囁きに耐え切れなくなり、日秋はとうとう爆発した。と言っても身じろぎすらおっくうな有様では、胸の前に回された腕に噛み付いてやるのが精いっぱいで、しかも烈は痛がるどころか嬉しそうな笑い声をたてたのだが。

「可愛いなあ、日秋。あんたは本当に可愛い」

　喰っちまいたいくらいだ、と項を舐められても、少し前まで貪られ続けていた身としては笑えない。肩越しに睨んでやれば、烈は愛おしくてたまらないとばかりに整った顔を蕩けさせる。

「しょうがねえだろ。あんたがあんなに可愛く乱れて、俺をねだってくれたんだから」

「…っ…」

「思い出すだけでいっちまいそうだぜ。自分で尻の穴を広げて俺の精液をだらだら垂らしながら『入れて』ってねだるとことか、俺にまたがって真っ赤な顔で一生懸命腰を振ってるとことか…」

「だ、か、ら！　やめろって言ってる、…だろ！」

　かすれた喉で必死に警告するが、烈のやに下がった顔は崩れない。抱き締める腕に力を込め、今度は背中や肩口に口付けを散らす。

　さっきからずっとこの調子だ。きっと日秋の首筋も背中も腰も、烈の痕に埋め尽くされているだろう。

日秋と共に居る時は基本的にご機嫌な烈だが、今宵はいつも以上に上機嫌である。日秋のやることなすことにいちいち欲望を煽られずにはいられないようだ。

……そんなに、アレが良かったのか？

疲れた脳裏にタキシードが過《よぎ》る。長いまぐわいの間、烈は日秋のタキシードを脱がさなかった。交わるのに必要な部分だけをさらけ出し、他はきっちり着込んだままというシチュエーションにひどく燃え上がったようだ。

もちろんシャワーを浴びる前に全部脱ぎ、今は烈と共に裸で毛布に包まっている。烈がきちんとたたんでおいてくれたが、もうあれはクリーニングしても使い物にならないだろう。ズボンは大事なところが裂け、シャツは乳首の部分が破け、靴下とボウタイは烈の唾液と精液でべとべとだ。無事なのはジャケットくらいで…。

「……あっ」

「どうした日秋、まだ足りねえのか？」

すかさず雄を擦り付けてくる烈に、日秋は肘鉄を入れる。

「烈、僕のジャケットを持って来て」

「え？　ジャケットって、どうして？」

いいから早く、と急かすと、烈は首を傾げながらも従ってくれた。日秋は腰の痛みを堪えながら起き上がり、ジャケットの内ポケットを探る。

「…あった！」

取り出したのは、アリエスに託されたメモリーカードだ。その後色々ありすぎてすっかり失念していた。バルタザールのもとから逃走するのに激しく動き回ったが、落とさずに済んだようだ。

「それ、羊野郎が寄越したやつか」

「うん。…あの時は信じ切れなかったけど、今は、アリエスは嘘を吐いていないと思うんだ」

日秋たちは偽アグレッサーに遭遇した。ニューマンが…アムリタがヒトのクローン作製に成功していたのは事実だったのだ。だとすればアリエスの妻子が人質にされているのも事実なのだろう。

「アリエスは『私の願いを叶えたくなったら見て欲しい』と言っていた。この中には人質の居場所の手がかりが入ってるんだ」

アリエスの妻子を救出し、アムリタによるヒトのクローン作製の証拠を手に入れられれば、アムリタ打倒に向けて大きく前進する。バルタザールと手を組まなかった分も、じゅうぶんに取り返せる。

「すぐに中を確認しないと。そうだ、アンバーと弐号にも見せて…」

「待てよ、日秋」

　ベッドから下りようとした日秋の腰を、烈がぐいと引き寄せる。ふらふらだった身体は逞しい腕の中にたやすく収まった。

「烈、何を…」

「それは明日でも構わねえだろう。あんたが今すべきは、俺と一緒に朝までぐっすり眠ることだ。アンバーたちだって同じことを言うはずだぜ」

　烈は日秋の手から素早くメモリーカードを奪うと、サイドテーブルに置いてしまった。日秋が慌てて手を伸ばす前に、日秋ごとベッドに横たわり、毛布をかぶってしまう。

「烈っ…」

「慌てんなよ、日秋。たぶんあの金髪野郎をはねつけちまった分を取り返そうとしてるんだろうけど、あんたがぶっ倒れちまったら何にもならないんだぜ」

　心臓のあたりに顔を埋めさせられ、背中を優しく撫でられていると、逸《はや》っていた心がだんだん鎮まっていく。

　とたんにまぶたが重たくなってきた。…烈の言う通りだ。余裕を失っていた。こんな状態では、大事な作業に集中出来るわけがない。

「……ごめん、烈」

「何で謝るんだ？　ご主人様に添い寝出来るのは、イヌの特権だろ」

軽く笑い、烈は日秋のつむじに唇を落とす。

ついさっきまで激しくまぐわっていたのが嘘のような優しい口付けと、規則正しい心臓の音が、日秋に眠気と懐かしさをもたらした。…そうだ。まだ小さな子どもだった頃、怖い夢を見て泣いていると、亡き父の俊克がこうして抱き締めながら眠ってくれた…。

――日秋。

眠りに落ちゆく意識の中、愛用のゲーミングチェアに座った俊克が作業の手を止め、微笑みかけてくれる。

夢でさえ愛おしさを覚えずにはいられない、大切な父の死の真相を突き止めるため、日秋は『イレブン』として活動してきた。そして今、烈やアンバー、弐号たちという仲間がアムリタ打倒に協力してくれている。

……あの人も、そうだったのかな。

異母弟ユリアンの死の真相を探るため、バルタザールはインターポール捜査官に転身した。血筋も地位も財力も併《あわ》せ持った男だ。周囲は猛反対しただろう。

だがバルタザールはやってのけた。ユリアンが大切な存在だったから。日秋にとって父がそうであったように。

烈を見世物にしてまでアムリタを追及しようとした理由が、ユリアンだったのなら。

……ちょっと、悪いことをしたかもしれない、な……。

貴方にお話しすることはありません、と告げた時の傷付いたような表情を思い出し、日秋は項垂れる。

その頭を、俊克は無言で撫でてくれた。


翌日の目覚めは爽快だった。一晩ぐっすり眠り、久しぶりに夢の中で父に逢えたのも良かったのかもしれない。身体は少しだるいが、頭脳は冴え渡っている。今ならどんな難題でも解けそうな気がする。

「やあ日秋。おはよう」

…と思った矢先、窓際の椅子に座った烈に笑いかけられ、日秋は軽く混乱した。

いつものラフなシャツにジーンズではなく、きちんとアイロンを当てた襟付きのシャツにジャケットを羽織り、センタープレスのパンツを穿いている。長い脚を組み、パイプをくゆらせる姿はファッション雑誌の表紙を飾れそうなくらい様になっているが、よく見ればところどころおかしい。

シャツのボタンは一つずつ掛け違えているし、衿元のネクタイは不格好な片結びになっている。きちんと締めようとして失敗し、蝶々結びにするのも失敗した末にこうなったのかなと日秋は推測した。アグレッサーとして活動してきた烈は、ネクタイを結んだことなんて無いだろう。

「……烈、何をやってるんだ？」

「何って、朝刊をチェックしているんだよ。紳士のたしなみだろう？」

うさん臭い口調で言い、烈は手にしたタブレット端末をこちらに向けてみせた。かつて亡き父も愛読していた、イギリス最大手の出版社の誌面だが……。

「…それ、上下逆さまだけど」

日秋が指摘すると、烈は無駄に爽やかな笑顔のまま無言で端末の向きを直した。足を組み直し、何かを期待するような眼差しを日秋に注ぐが、何が望みなのか日秋にはさっぱりわからない。

戸惑っていると、烈はくしゃりと髪をかき混ぜた。

「くそっ、やっぱりこんなんじゃ駄目か」

「烈？　お前何を…」

烈は答えず、足早に寝室を出て行った。日秋は戸惑いを深めながら追いかけ、リビングで烈を発見する。珍しいことに、弐号と一緒だ。

「…そうだ。そこで上に重ねた大剣側を後ろから一周回せ」

弐号は烈の背後に回り、低い声で指示を出している。烈は解いたネクタイを持ち、衿元で不器用に手を動かしていた。

「こうか？」

「ああ、そうだ。そしてその先端を前に持って行って、ループ状になったところの上から大剣を通すんだ」

「…っと、…こうだな。あとはきゅっと締めれば…」

ディンプルを作り、烈は結び目を引っ張り上げた。立ち尽くす日秋の前にしゅっと飛んで来ると、得意気に胸を張ってみせる。弐号の指導のおかげか、不格好な片結びだったネクタイは綺麗なプレーンノットに結ばれ、シャツのボタンも直されていた。

「どう？　どう？　日秋」

「…どう、って…」

「今の俺を見て、何か思い出さないか？　とっても格好良くて、日秋が大好きな…」

……とっても格好良くて、僕が大好きな……何？

日秋は一生懸命考えてみるが、いっこうに答えは思い浮かばない。

「わからない。何のことだ？」

「…っ…、これでも？」

烈は近くのソファに座り、朝刊の表示されたタブレット端末を眺めながらパイプを咥えた。その姿は未だ高い人気を誇るイギリスの古典推理小説の主人公を思い出させるが、日秋は推理小説が大好きというわけではない。

「…くそっ…、これでも駄目なのかよ…」

日秋がぴんと来ていないと悟ったのか、烈はがっくりと肩を落とした。さすがに可哀想になり、日秋は烈の黒髪を撫でる。

「ごめん、烈。何のことなのか、教えてくれないか？」

「それじゃあ…、それじゃあ意味がねえんだよ。あんたが気付いてくれなきゃ…」

烈は嬉しそうに頭を擦り寄せてくるが、教えてくれるつもりは無さそうだった。弐号に助けを求めても、無言で首を振られるだけ。

そうこうするうちに、アンバーが顔を覗かせた。

「皆さん、そろそろ朝食の時間…」

「いいところへ！」

烈はびくっとするアンバーに駆け寄り、何やらひそひそと耳打ちする。アンバーは首をひねりながら一旦引っ込み、すぐに戻ってくると、烈に細長いケースを手渡した。

「…アンバー、烈は何だって？」

いそいそとケースを開ける烈に聞こえないよう、日秋はひそめた声で尋ねた。

「それが、眼鏡が欲しいということで…なにぶん急だったもので、あんなものしか用意出来なかったんですが」

「日秋、どうだ!?」

くるっと振り返った烈は、作り物の鼻と口ひげがあしらわれた、黒縁の眼鏡を装着していた。もとが端整なだけに、何とも言えないおかしな顔になっている。

こみ上げそうになった笑いを、日秋は必死に呑み込んだ。

「…っ…、アンバー、あれ、宴会用の鼻眼鏡だろ…」

「急だったものですから」

アンバーはしれっと答えるが、変装を得意とする元詐欺師が眼鏡の一つくらい用意していないとは思えない。絶対にわざとだろう。その証拠に、肩が小さく震えている。

「日秋……？」

悪戯されたとも知らず、烈はじっと日秋の反応を窺っている。期待に満ちた青灰色の瞳は、日秋が噴き出そうものなら絶望に染まるだろう。

「…よ、…良く似合ってるよ、烈。その、…大人っぽくて」

変なおっさんっぽい、を精いっぱいオブラートに包んで伝えてみると、烈は顔を輝かせた。

「そうか!?　そうだよな、三十代くらいには見えるよな。高学歴高収入高身長の三十代後半既婚男性くらいに！」

「ん？　…うん、……うん？」

突然具体的になり、日秋は困惑する。

高学歴高収入高身長の三十代後半既婚男性…それが『とっても格好良くて、日秋が大好きな』人物のヒントなのだろうか。今度こそ気付いてくれるはず…！　と烈はわくわくしているようだが、やはり心当たりは無く、謎は深まるばかりだ。

「…さあさあ、いい加減食堂へ行きましょう。せっかくの朝食が冷めてしまいますよ。その後は昨日の報告も聞きたいですし」

見かねたアンバーが促してくれたおかげで、日秋はようやく朝食にありつけた。鼻眼鏡を外した烈は食事の間もちらちらとこちらを窺ってくる。気にはなるが、昨日の出来事を頭の中で纏める方が優先だ。

朝食の後、日秋は皆をリビングに集め、パーティー会場での出来事を説明した。アリエスとの邂逅《かいこう》、偽アグレッサー、そしてバルタザール。

「たった一日で、事態は大きく動きましたね。まさかヒトのクローン作製が成功していたなんて…」

「…しかもシュバルツシルトの直系がインターポール捜査官とは、な」

深い溜息を吐くアンバーの横で、弐号が太い眉をひそめる。

「弐号、何か知っているのか？」

「シュバルツシルトは元々、軍事産業で成長を遂げた。今は綺麗なビジネスしかしていないが、裏では未だに兵器開発を続けている。ＰＭＣもいくつか所有しているはずだ」

日秋が問うと、弐号は丁寧に教えてくれた。

ＰＭＣとはプライベートミリタリーカンパニー、つまり民間軍事会社のことだ。要人警護や重要施設の警備などを主に請け負い、正規軍の後方支援をすることもある。所属しているのは元軍人か傭兵が多い。

日秋が昨日こっそり撮影しておいた傭兵たちの姿を確認してもらうと、弐号は険しい顔で頷いた。

「顔馴染みが何人か居る。皆、シュバルツシルトのＰＭＣの所属だ」

「たぶん他の傭兵たちも皆そうなんだろうな。結局、あのパーティーは最初から最後までバルタザールの仕込みだったわけだ。…烈？」

日秋が呼びかけると、爪を噛んでいた烈ははっとしたように振り返った。

「なっ、何だ？　日秋」

「何だじゃないよ。どうしたんだ？　お前、ちょっとおかしいぞ」

日秋の指摘にアンバーと弐号は頷き、烈は顔を引きつらせる。

「…な、何にもおかしくなんてないぞ。いつもと同じだって」

「じゃあ、今僕たちが何を話していたか説明してみろ」

「えっと、…金髪野郎がシュバルツシルトで綺麗なビジネスのクソ野郎だってこと、だろ？」

盛大に目を泳がせながら答える烈に、駄目だこりゃ、と日秋たちは嘆息した。どれだけ上の空だったのやら。

「…烈、本当にどうしたんだ？　朝からおかしなことばっかりして」

「は、日秋…」

「体調でも悪いのか？　だったら無理をせずに部屋で休んだ方が…」

「ち、違うっ！　どこも悪くなんかねえ！」

烈は大慌てで日秋の手を掴んだ。日秋と離れるのは、ほんの少しの距離であっても烈にとって拷問なのだ。

「…いい加減、白状したらどうですか？　アグレッサー」

「そうだ。吐けば楽になるぞ」

アンバーと弐号が取り調べ中の刑事のように促す。烈の不審な行動の原因について、二人は何となく察しているらしい。日秋は未だに『とっても格好良くて、日秋が大好きな高学歴高収入高身長の三十代後半既婚男性』の正体がわからずにいるのに。

「烈…何かあったのなら話して。お前が心配なんだ」

日秋が烈の手を握り返すと、ぐう、と烈は喉を鳴らした。さんざん迷った末、ようやく口を開く。

「……って、言ったから」

「何？」

「だから、……あんたが『お父さん』って寝言で言ったから！」

予想外すぎる言葉に、日秋は目を白黒させる。…寝言で『お父さん』と言ったのが、どうして奇行の原因になるのか。

「昨日は珍しく父さんの夢を見たから、寝言くらい出たかもしれないけど…それが気に入らないのか？」

「そうじゃねえ。あんたにとって父さんが大切な存在だってことくらいわかってる。…でも、あの金髪野郎は駄目だ」

「…どうしてそこにバルタザールが出てくるんだ」

「だってあいつ、日秋の父さんと同じくらいの歳じゃねえか！」

……バルタザールと父さんが？

日秋は俊克が二十五歳の時の子どもだから、亡くなった時の俊克は三十八歳だ。対してバルタザールは三十五歳。亡くなった人は歳を取らないから、同年代と言えば同年代かもしれないが…。

「何を言ってるんだ、お前は。同年代だって、父さんとバルタザールじゃ何もかも違いすぎるだろ」

「でも、日秋は父さんが大好きじゃねえか。…頭が良い年上のエリートで、いつも落ち着いてて、包容力もあって…それって、あの金髪野郎も同じだろ」

「……そうか？」

頭が良い、年上、エリートはバルタザールも当て嵌まっている。だが落ち着きと包容力に関しては…いや、あれもある意味落ち着いていると言えるのか？　マイナスとマイナスを掛け合わせたらプラスになる、みたいな…？

ぶつぶつ言いながら悩む日秋に、『マスターもわりと酷いですよね…』とアンバーが苦笑する。

「あ…、…もしかして、とっても格好良くて、僕が大好きな高学歴高収入高身長の三十代後半既婚男性っていうのは、父さんのことだったのか？　お前、父さんっぽくなろうとしていたのか？」

日秋の閃きは図星だったらしく、烈は子どものように唇を尖らせた。

「だってまた金髪野郎に会ったら、あいつのこと、格好いいと思っちまうかもしれねえだろ？　俺は絶対あんなふうにはなれないのに」

「なって欲しくないし、もう二度と会わないだろうからいいんだよ」

そんな理由で…と頭が痛くなってくるが、少し前、ひょんなきっかけから烈にスーツを着せてみたことがあった。

思いのほかよく似合ったので日秋も大興奮し、いつに無く濃厚に交わった後、亡き父についてねだられるがまま話してやった記憶もある。出勤する時はいつもオーダーメイドのスーツ姿だったこと、家でもだらしのない格好はしなかったこと、レトロなパイプを愛好していたこと、各言語の新聞を毎日必ず読んでいたこと。

……って、全部僕の話したことじゃないか。

日秋は忘れかけていたのに、烈はしっかり覚えていたらしい。父を彷彿とさせるバルタザールと遭遇したことで、ひそかな劣等感を刺激されてしまったのか。怖いもの無しのアグレッサーが…。

「日秋、……怒ってるか？」

おずおずと窺われ、日秋は苦笑する。

「怒ってないよ。呆れてはいるけど」

「うっ…」

「父さんは特別だけど、お前は僕の唯一なんだ。比べる意味なんて無いのに」

言ったとたん引き寄せられ、烈の腕の中に閉じ込められた。ぎゅううっ、と逞しい腕が大蛇のごとく締め上げてくる。

「日秋…、やっぱりあんたは最高のご主人様だぜ！　愛してる！」

「…う…っ、うう……」

がくがく揺さぶられながら頬擦りをされ、暑いやら息苦しいやらで目が回ってしまいそうだ。合間合間にキスの雨まで降ってくる。

「こればかりはマスターに味方出来ませんねえ」

「殺し文句もいいところだな」

眼差しで助けを求めても、何故かアンバーも弐号も助けてくれない。何やら通じ合ったような顔で頷きを交わしている。

――結局、打ち合わせが再開されたのは十分ほど後のことだった。

日秋はご機嫌な烈に命じて部屋からマシンを持って来させ、アリエスから託されたメモリーカードを接続する。

中には動画ファイルが一つだけ入っていた。さっそく再生すると、モニターに白人女性と幼い女の子が映し出される。

『貴方…、お元気ですか？　私たちはこの通り元気です』

『あたしも元気よ、パパ！』

女性がカメラに向かって英語で話しかけると、女の子も隣で小さな手を振った。日秋はぴんとくる。この二人はおそらく人質にされているアリエスの妻子だと。無事を確認させるため、ニューマンがアリエスに渡した録画レターなのだ。

女性は簡単な近況や娘の様子などを淡々と語っていくが、自分たちが監禁されていることや、監禁場所のヒントになるような情報は一切口にしない。たぶん画面の外には見張りが居り、常に言動を監視されているのだろう。女の子も幼いなりに状況を理解しているのか、騒ぎもせず大人しく座っている。

『パパ…、早く会いたいよ』

女の子が涙を滲ませたのを最後に、動画は終わった。皆しばらく沈黙したのは、女の子への同情とニューマンに対する怒りのせいだろう。

「…アリエスがこれをマスターに託したということは、このデータから二人の居場所を割り出し、救出して欲しいということでしょうね」

「そうだろうな、アンバー。…でも、割り出すと言ってもなあ…」

日秋はもう一度動画を再生する。

母娘の背景にはベッドとソファくらいしか無く、質素な内装にもこれと言って特徴は無い。どこの国にもありそうな、ありふれたビジネスホテルの一室のようだ。

左奥の窓の外にも青空が広がるだけで、手がかりになりそうな建造物は見えなかった。ニューマンはそういう場所を選び、母娘を閉じ込めたのだろう。

「…今、何か鳥の鳴き声みてえなのが聞こえたぞ」

動画が終わる寸前、烈が呟いた。日秋は聞こえなかったし、アンバーも弐号も首を振っている。

だが人体強化用ナノマシンの恩恵を受けた烈の耳に聞こえたのなら、確かに鳥の鳴き声はしたのだ。そこで音量を最大限に上げて再生してみると、日秋たちの耳にも同じ箇所で何かの音が聞こえた。烈のように鳥の鳴き声とまでは断言出来ないが。

「ここは、私に任せて下さい」

アンバーが請け負い、音響ソフトを使って動画ファイルの音声分析をしてくれた。すると確かに、烈の指摘した箇所に生物の鳴き声らしきものが収録されている。

「…驚きましたね。周波数からして、鳥の鳴き声に間違い無さそうです」

「だろ？」

「今度は映像の方を分析してみましょう。鳴き声の主がわかるかもしれません」

鳥が鳴いているとしたら外だ。アンバーは鳴き声のした該当部分で動画を停止させ、窓をズームアップした。日秋はあっと声を上げ、空を飛んでいく豆粒ほどの大きさの影を指差す。

「これじゃないか？」

「拡大してみます」

アンバーは頷き、ソフトを操作する。影は最大限まで拡大され、細長い翼を広げて飛ぶ鳥が現れた。全身は黒く、喉と腰の部分だけ白い羽毛に覆われている。

「……アマツバメだ」

「弐号？」

どうしてわかるんだと驚く日秋に、傭兵だった頃、各地の動植物をウォッチングするのが趣味だったのだと弐号は教えてくれた。双眼鏡片手にバードウォッチングする弐号…想像すると何となく可愛らしい。自生する植物や動物の生態で戦場の地理が把握出来るそうなので、実益も兼ねていたのだろうが。

弐号によれば、アマツバメは岸壁にしがみ付いてぶら下がるように留まり、まっすぐな足場には留まれない。地上に下りると歩くことも羽ばたくことも出来なくなってしまうため、岸壁に営巣して生活するのだという。ツバメと言っても日本で見かけるツバメとは別種で、民家に巣を作ることはめったに無いそうだ。

「…アマツバメは渡り鳥だが、今は渡りの季節ではない」

「じゃあ羊野郎の妻子が監禁されてるのは、アマツバメが巣を作りそうな場所の近くってことか」

「高山帯や、断崖のある海岸…といったところでしょうか」

弐号の情報をもとに、烈とアンバーが推察を重ねていく。

「イレクスタンは内陸国だ。海じゃなく、山だろう」

日秋が言うと、皆も同意してくれた。さっそく地図アプリを使い、条件に当て嵌まりそうな地帯をサーチしていく。これには弐号の知識と経験がおおいに役立った。

最終的に候補は三つまで絞り込まれた。ここまで来れば、あとは日秋の出番だ。

小型無人機《ドローン》を三機同時に飛ばし、候補地を偵察する。小型無人機からリアルタイムで送られてくる映像をチェックするのは烈、アンバー、弐号の役割だ。

「…これ、建物じゃないか？」

偵察を始めて一時間ほどが経った頃、烈がモニターを指差した。うっそうと茂る木々に、コンクリートの屋根が埋もれている。

「ちょっと待って」

日秋は細心の注意を払い、小型無人機の高度を下げた。赤外線センサーなどが仕掛けられていれば撃ち落とされる怖れがあるのだが、幸い、小型無人機は何の妨害も受けずに飛行する。こんなところまで偵察されるとは想像していないのかもしれない。

果たして、小型無人機は映し出した。深い山中にそびえ立つ要塞のような白い施設を。造りはまるで違うが、ネストルのサーバーにダイブした時に見た城塞を思い出す。人を寄せ付けない空気がよく似ているのだ。

上空にはアマツバメが何羽も飛んでいる。飛来してくる方向に小型無人機を動かせば、施設のちょうど反対側が切り立った崖になっており、滝が流れ落ちている。その水の壁の向こうにいくつもの巣が作られていた。

「…どうやら、これのようだな」

日秋の呟きに、皆が頷いた。小型無人機が飛んでいるのはイレクスタン東部の山中だ。

登記簿情報にアクセスしてみたところ、山の所有者は国になっているが、アムリタなら多額の金や利権と引き換えに山の一つや二つ、簡単に借り受けられるはずだ。イレクスタン政府が今最も欲しているのは外貨なのだから。

日秋たちは小型無人機を帰還させ、さっそくアリエスの妻子の救出作戦を練り始めた。


「…あの…、マスター。お客さんがいらしてるんですが」

複雑そうな表情のアンバーが呼びに来たのは、日秋が自室にこもってしばらく経った頃だった。再び飛ばした小型無人機で、施設周辺を探索していたのだ。

「客う？　何でそんなものいちいち報《しら》せに来るんだよ」

日秋の隣を陣取り、データ分析の手伝いをしてくれていた烈が眉をひそめる。

この隠れ家は名目上アメリカの資産家の所有物になっているため、時折現地人が怪しいビジネス話を持ち込むこともあるのだが、そういうたぐいは全てアンバーが追い返しているはずだ。

「見ればわかりますよ。応接間に通しましたので、すぐにおいで下さい。アグレッサーも一緒に」

首を傾げながらも日秋と烈は応接間へ向かい、すぐに理解した。アンバーの複雑そうな表情や、日秋に確認もせず客を邸に入れた理由を。

「…何で貴方がここに居るんですか」

「友人の家を訪ねるのに理由が要るか？」

しゃあしゃあと言ってのけ、アンバーが出したらしい白磁のカップを優雅に傾けるのは上品なスーツ姿のバルタザールだった。ソファで長い脚を組み、まるで我が家のようにくつろいでいる。足元にはあの謎のアタッシェケース。

「テメェ、やっぱり日秋を狙ってやがったな!?」

「やめなさい、烈！」

牙を剥いて飛びかかろうとする烈の腕を、日秋はとっさに掴んだ。日秋一人くらいぶら下げたままでもたやすく動き回れる烈だが、駄々っ子のようにじたばたもがいても振り解こうとはしない。

「でも日秋、こいつ…」

「僕なんて狙ってないよ。この人の本当の目的は、弟さんの死の真相を突き止めることだから。…そうですよね？」

日秋が尋ねると、バルタザールは碧眼を意外そうに見開き、姿勢を正した。

「ああ。…君たちと邂逅を果たせたことで真実に近付けたと確信し、逸るあまり先日は無礼な真似をしてしまった。許して欲しい」

そのままバルタザールが小さく頭を下げたので、日秋は硬直してしまった。烈などあんぐりと口を開け、震える指でバルタザールを指差す。

「…き、金髪野郎が壊れた…」

「こら烈、人を指差しちゃいけません」

「こいつ、金髪野郎そっくりに作られたアンドロイドか何かじゃねえか？」

「しっ、烈。黙ってなさい」

言いたい放題の烈をたしなめはするものの、日秋だって疑っている。目の前の男は本当にバルタザールなのかと。神妙な表情も柔らかくなった口調も、とてもあの傲岸不遜な男とは思えない。

「…気にしないで下さい。僕もかっとなって失礼な真似をしてしまいましたし」

日秋が首を振ると、バルタザールの顔から強張りが抜けた。

「そう言ってもらえるとありがたい。…今日はどうしても君に聞きたいことがあってお邪魔した」

かけたまえ、とソファを勧められる。

どちらが邸の主人かわからないと思いつつも、日秋は素直に従った。追い返したところで、バルタザールは目的を遂げるまでは絶対に諦めないだろう。烈も渋々隣に座る。

「それで、聞きたいこととは何でしょうか」

日秋の問いにバルタザールはつかの間碧眼をさまよわせ、切り出した。

「…君は気に入らなかったようだが、先日俺が提示した案は、現状考え得る中ではベストのはずだ。アムリタの危険性は君とて理解しているはず。なのに何故拒む？」

先日提示した案とは、烈を見世物にしてアムリタ打倒の気運を高めようという、あの胸くそ悪いもののことだろう。

思い出すだけで気分が悪くなる。でもそれは日秋が烈を愛しているからだ。感情を抜きにすれば、バルタザールの案はアムリタを効率的に打倒する最適解なのかもしれない。けれど。

「貴方のベストには、それによって救われるはずの人間の感情が含まれていない。たとえ全世界の人々が支持しても、僕の可愛いイヌが苦しむのなら、僕は絶対に貴方の案を認められないんです」

「…っ…、日秋…」

息を呑んだ烈が日秋の手をぎゅっと握り締めてくる。握り返したそれは熱く、烈の激しい鼓動を伝えてくれる。

バルタザールに…インターポールにとっては、侵略の限りを尽くした暴力の象徴かもしれない。でも日秋にとっては、これ以上無いほど愛しい男の手だ。

バルタザールは碧眼を見開いたまま、じっと日秋を見詰めている。

非効率の極みだと呆れているのだろうか。これで交渉決裂ならインターポールと事を構えることになるが、仕方が無い。烈を貶め、利用しようとする者に協力は出来ない。

やがてバルタザールは長いまつげを震わせ、弱々しく呟いた。

「……弟にも、同じようなことを言われた」

「弟さん…ユリアンさんに？」

「ああ。『兄さんが一番だと思うものが、他の人にとってもそうだとは限らないんだよ』と」

日秋は何となく、ユリアンがどんな青年だったのかわかった気がした。

妾腹《しょうふく》の次男として生まれた彼は、兄のおかげで何不自由無く育てられながらも、輝かしい兄の存在に隠れ、影のように生きていたのだろう。自分とは何もかも正反対の兄を、時には疎《うと》ましく思うこともあったのかもしれない。

反対され続けてもアムリタを辞めなかったのは、せめてもの意地だったのか。バルタザールは異母弟の複雑な心情には気付かず、純粋に可愛がっていたようだが…。

「…烈…」

「俺は構わねえ。あんたの好きにしてくれればいい」

いい？　と尋ねるまでもなく、察しのいいイヌは頷いてくれた。さらさらの黒髪を撫でてやり、日秋はバルタザールに向き直る。

「ミスター。アグレッサーは…烈は幼い頃、アムリタの研究施設に拉致され、人体強化用ナノマシンの実験に使われました」

「っ…、ではそのすさまじいまでの身体能力は、ナノマシンの…。アムリタはすでに人体強化用ナノマシンを完成させていたというのか？」

「いえ、烈に投与されたナノマシンは試験段階のもので、適応したのは烈だけでした。…烈と一緒にさらわれたスラムの子どもたちは、全員亡くなってしまいましたから」

日秋は今にいたるまでの烈の過去を淡々と語る。

……この人、悪い人じゃないんだろうな。ただ正義感がひたすら先走ってるだけで。そんなふうに思ったのは、バルタザールの顔がだんだん後悔と罪悪感に染まっていったせいだ。本来なら歓迎されざる存在の異母弟を可愛がっていたことからもわかる。バルタザールは自分より幼い者に弱い。

その証拠に、烈がまだ二十歳だと知った時のバルタザールの驚きと言ったらなかった。

「は、は、は、……二十歳だと!?」

「ちなみに僕は二十三歳で、烈より年上です」

「君の方が年上!?　……信じられん。どうなっているんだ……」

バルタザールはとうとう頭を抱えてしまう。その気持ちはわからなくもない。烈から教えてもらうまでは、日秋も自分より年上だと思っていた。バルタザールも当然同じだっただろう。

「アグレッサー…」

「おいやめろ。気色悪い」

罪悪感にまみれた眼差しを向けられ、烈は嫌そうに唇をゆがめる。

「お貴族様から見ればクソみてえな人生でも、俺にとったら最高の人生なんだ。こんなに綺麗で優しいご主人様に出逢えたんだからな」

「烈……」

肩を抱き寄せられ、日秋はおとなしく身を任せる。寄り添う二人をじっと見詰めていたバルタザールが、深い息を吐いた。

「…正直、混乱している。何をもって正解とすべきなのか…」

「それは僕にもわかりません。ただ一つ明らかなのは、アムリタはこの世から消滅すべきということだけです」

小型無人機を操作しながら、ずっと考えていた。アムリタは何故、ここまでして烈を求めるのだろうかと。

偽アグレッサーという成功例があるのだから、烈本人の身柄は必要無いはずだ。もっと烈のクローンを増やしたいのならば、偽アグレッサーから細胞を採取すればいい。

敢《あ》えて烈《オリジナル》を求めるには、烈でなければならない理由があるのだ。日秋には想像もつかないが、きっとろくでもない理由に違いない。

「――外見が同じなら、中身が変わろうと同じモノ」

「ミスター、それは?」

「アウグスティン・ローゼンミュラー…アムリタ創始者の言葉だ」

バルタザールとアウグスティンは、かつて同じヨーロッパの名門寄宿学校に通っていたのだという。もっともアウグスティンは二学年下で、メドゥサ病発症後は自主退学してしまったから、関わったことはほとんど無いそうだが。

二人がまだ十代前半、学園祭に向け学校じゅうが慌ただしかったある日のことだ。バルタザールは上級生として、下級生クラスの監督に当たっていた。その中にアウグスティンが居たのだ。

アウグスティンの学年はそれぞれのクラスでロボットを作製し、クラス対抗戦を行うことになっていた。アウグスティンのクラスのロボットは、十代の少年たちが作ったにしてはなかなかの出来だったという。

だが天才アウグスティンから見れば、とても満足のいく代物ではなかった。アウグスティンはクラスメイトの目を盗み、ロボットの中身を基盤ごとごっそり入れ替えた。自分が作製した、耐久性も実用性も機能性もはるかに優れたものに。

たまたまその現場を目撃したバルタザールは、当然ながら厳しく叱責した。だがアウグスティンは首を傾げ、悪びれもせず言い放った。

——外見が同じなら、中身が変わろうと同じモノでしょう？　性能が格段に上がっているのに、何の問題があるのですか？

「…むろん同じモノなどではない。学園は生徒に力を合わせて一つの物事を成し遂げるという体験をさせたかったのだ」

日秋もバルタザールと同意見だ。皆で知恵を出し合い、協力して作り上げたロボットは世界でたった一つだけの存在である。その頃の懐かしい記憶が、大人になった生徒たちの支えにもなるだろう。

そんな学園の配慮を、アウグスティンは踏みにじったのだ。何の悪意も無く――いや、むしろ善意からの行動だったのかもしれない。アウグスティンに造り替えられたロボットなら、必ずクラス対抗戦を勝ち抜けるだろうから。

「それで、おっさんはどうしたんだよ。学園にチクったのか？」

烈が以前より少し柔らかくなった口調で尋ねると、バルタザールは綺麗に整えられた眉を寄せた。

「そんなことをすれば、アウグスティンのクラスは失格にされてしまう。俺の前でロボットを元通りにさせ、二度とやらないこと、誰に対しても口をつぐむことを約束させて解放した」

アウグスティンは従い、それ以降、二人が言葉を交わすことは無かったという。だがその時から、バルタザールはアウグスティンに対し得体の知れない不安めいた気持ちを抱いていたのだそうだ。

日秋は納得した。

「貴方が最初からアムリタを疑ってかかっていたのは、そのせいもあったんですね」

「ああ。自分が良しとするモノのためなら、何を仕出かすかわからない人間だと承知していたからな」

「それっておっさんにも全部当て嵌ま…」

「しっ、烈。黙ってなさい」

日秋はぺちっと烈の膝を叩いた。いてえ、と嬉しそうな悲鳴を上げる烈を、バルタザールが複雑そうな目で眺める。

「…アウグスティンはやはり間違っていると痛感させられるな。外見はうり二つでも、君とあの偽者はまるで違う」

「…それは…」

「あいつが俺のクローンだからだろうぜ」

日秋がためらったことを、烈はあっさり告げた。

目を剥く日秋に、烈は穏やかに微笑む。

「このネタばらしをしなきゃ、何にも進まねえだろ」

「で…、でも烈…」

「それに羊野郎の妻子が閉じ込められてる施設に乗り込むには、どうしたってヘリが必要になる。腕のいいパイロットも。おっさんを引き込めれば、そのへんは全部解決するだろ」

「お前……、気付いて……」

烈の言う通りだ。ずっと悩んでいた。

アリエスの妻子が監禁されている施設は、小型無人機のデータを分析したところ、高山の中腹にある。山道などろくに整備されていない未開の険しい山だ。徒歩で向かうには登山の訓練と専用の装備が必要になるだろう。烈はともかく、日秋が訓練を終えるには相応の時間がかかってしまう。

ヘリを使えばすぐに潜入出来るが、アウェイ環境でヘリを入手するのにも伝手と時間が必要になるだろう。準備に手間取っている間にもクローンは作製され、アリエスの妻子は危険にさらされ続ける。

「俺があんたの悩みに気付かねえわけないだろ。俺を誰だと思ってる？」

「…僕の、……僕の、イヌ……」

正解、と破顔した烈が日秋を抱き締める。

バルタザールがわななく拳をテーブルに叩き付けたのは、その直後だった。

「あの偽者がクローンだと？　…どういうことだ」

鋭さを増した碧眼は疑惑と興奮にぎらついている。昨日は結局、日秋と烈の素件を明かしただけで、肝心なところは何も話さないまま脱出してしまった。アリエスのことはもちろん、ニューマンとアムリタのつながりもバルタザールは知らないのだ。

バルタザールの協力を仰ぐのなら、烈の言う通り、全ての秘密を打ち明けなければならないだろう。アリエスの妻子を一刻も早く助けるには、それが一番の近道だ。

「貴方は今でも、烈を前面に押し出してアムリタの打倒を呼びかけるのが最善の策だと思っているんですか？」

承知の上で、日秋は問いかけた。アリエスの妻子を助け出せても、その後烈が見世物にされてしまうのでは何の意味も無い。

「…正直なところ、俺は自分が間違っているとは思わない」

しばらく押し黙った後、バルタザールは一つ一つ慎重に選びながら言葉を紡いでいく。

「アムリタの悪事を暴くには、アグレッサーを矢面に立たせるのが最善かつ最速の策だ。…だが、君たちを見ていると心が揺らぐ。君たちが何かやろうとしているのなら、協力させて欲しい。俺の考えが本当に正しいのか、見定めるためにも」

バルタザールとしては、それが最大限の譲歩なのだろう。真摯な言葉に嘘は無いように思える。

そっと烈を窺えば、無言で頷かれた。烈も同じ考えなのだ。

……もう、腹をくくるしかないな。

日秋は深呼吸し、バルタザールに説明していった。カオスウェブで発見した暗号メッセージから始まり、アリエスとの出逢い、託されたメモリーカードの情報まで、バルタザールの知らない全てのことを。

バルタザールは途中こめかみを引きつらせたり、テーブルを殴りつけそうになる拳を堪えたりと辛抱強く聞いていたが、話が終わった後は疲れたように息を吐いた。

「……アグレッサーはもはや言わずもがなだが、霜月、いや『イレブン』。君も相当の規格外だな」

「えっ？」

「カオスウェブには俺も目を付けていた。配下のハッカーに命じて何度か探らせたが、めぼしい情報を持ち帰るどころか、端末をウイルスに汚染され、その端末を踏み台に全てのネットワークをダウンさせられるところだった。そこにダイブした挙句、無事に生きて戻るとは……」

にわかには信じがたい話だった。バルタザールの配下なら相当な腕利きだろう。確かにカオスウェブには無数のワームやウイルスが跋扈《ばっこ》していたが、熟練のハッカーならじゅうぶん避けられるはずだ。

インターポールのネットワークにも、一般企業とは比べ物にならないほど強力なセキュリティシステムが導入されている。それでも防ぎきれないどころか、ネットワークをダウンさせるなんて…そんな凶悪なウイルスがあっただろうか？

「ミスターの配下がカオスウェブを探ったのは、たぶん僕よりも前ですよね。だったら僕がダイブした時にもそのウイルスは蔓延《まんえん》していたはずですが、僕はそれらしきウイルスとは一度も遭遇していません。…そうだよな？」

「日秋の言う通りだ。俺も一緒だったけど、そんなものには出くわさなかった」

烈が同意すると、バルタザールは端整な顔を不可解そうにゆがめた。

「あの手のウイルスが自然消滅することはまず無い。より凶悪なウイルスに駆逐されることはあるかもしれないが…それなら霜月、君も遭遇したはずだ」

「そうですね。そんな代物に遭遇していたら、さすがに覚えているはずです」

「だが君にそのような記憶は無い。…まるでウイルスが相手を選び、襲っているようだな」

ウイルスは基本的に遭遇した全ての端末を汚染するようプログラミングされている。相手を選ぶなんて、まるで生きた人間のようだが、バルタザールの話を聞く限りそうとしか思えない。

「…そこも気にはなるが、もう一つ考えなければならないことがある。アムリタがヒトのクローン作製に成功している、ということだ」

とん、とバルタザールは指先でテーブルをついた。

「貴重な情報の見返りに、俺も明かそう。…ユリアンはアムリタでクローンの研究を任されていた」

「…っ、本当ですか？」

「事実だ。ユリアンの死後、ユリアンが所属していた研究所のデータサーバーを探らせたら、大量のファイルが不自然に削除された痕跡が残っていた」

疑問を覚えたバルタザールが復元させたところ、削除されたファイルはユリアンの研究成果…羊や豚のクローン作製に関するものだった。

法律で禁じられているのはヒトのクローン作製であって、それ以外のクローンについては特に規制されていない。露見したところで困らない情報を、何故わざわざ削除したのか。バルタザールはずっと疑問に思っていたそうだ。

「だが、君たちのおかげで疑問は解けた。ユリアンが殺された、その理由もな」

何、と問うまでもない。日秋は烈と顔を見合わせ、お互い同じ答えにたどり着いたことを確認する。

「ユリアンさんは、禁じられたヒトのクローンを作製するよう命じられた。それを告発しようとして、殺されたんですね」

「そしてその研究はニューマンに引き継がれ、実を結んだというわけだ。……アムリタめ、ずいぶんと舐めた真似をしてくれる……！」

バルタザールの全身から殺気が立ちのぼる。今ここにアウグスティンが居たら、病人でも容赦無く八つ裂きにされていたに違いない。

「アリエスの妻子の救出、全面的に協力しよう。シュバルツシルトの力、見せ付けてくれるわ！」

バルタザールは力強く宣言した。


バルタザールの権力と財力の威力を、日秋たちはすぐ思い知らされた。思いがけない訪問の翌日、さっそく連絡が入ったのだ。

『イレクスタン軍がヘリを出してくれることになった。決行は二日後だ』

イレクスタン軍はアムリタにも相当な便宜を図っているはずだが、バルタザールはそれ以上の見返りを提示したのだろう。日秋たちには真似出来ないやり方だ。バルタザールの怒りのほどが窺える。

日秋にはバルタザールの気持ちがよくわかった。父俊克も、実行したのは北浦だったとはいえ、アムリタによって殺されたも同然だから。

明後日にはアリエスの妻子を救出すべく、あの山中の施設に乗り込む。フォローに回るアンバーと弐号は、そのための支度に走り回っていた。救出された妻子をかくまう場所や、万が一失敗した場合に備えての撤退の準備など、やることは山ほどある。

日秋も手伝いを申し出たのだが、きっぱり断られてしまった。

『私たちはこういう時のために居るんです。マスターは休んでいて下さい』

『信じて任せるのも主人の務めだ』

そう言われては食い下がれず、日秋は自室で端末の調整をしている。当然、隣には烈がべったりと張り付いていた。哀願の表情を浮かべながら。

「なあ日秋ぃ、本当にあんたも行くのか？」

そう問いかけられるのは、覚えている限り三十三回目くらいである。もっと多いかもしれないが、数えるのも面倒になってしまった。

「あんたまで行く必要なんてねえだろ。施設の奴ら、全員ドーンとやってバーンと羊野郎の妻子を救出するだけなんだから、俺とおっさんだけでじゅうぶんだ」

返事が無いのにもめげず、烈はくどくどと言葉を続ける。

「あんたはただ、俺を待っていてくれればいいんだ。俺の大切な、可愛い可愛いご主人様なんだから」

ぎゅっときつく抱きすくめられ、満足に手も動かせなくなってしまう。日秋は嘆息し、顔を上げた。

「日秋っ…」

「お前が何と言おうと、僕は行くよ、烈」

構ってもらえた！　と輝いた烈の顔が、一瞬で悲嘆に染まる。雨に打たれた仔犬さながらの表情に心はほんの少しだけ痛むけれど、ほだされるわけにはいかない。

「今回の作戦は施設の破壊じゃなく、アリエスの妻子の救出がメインなんだ。二人はきっと施設内でも最もセキュリティの厳重なエリアに監禁されている。そこに潜入するには、必ず僕の…『イレブン』の力が必要になる」

「セキュリティなんて、建物ごとぶっ壊しちまえば…」

「そんな真似をすれば瞬く間に潜入が察知されて、妻子の命が危険にさらされるのはわかるよな？　……どうしたんだよ、烈。お前、ちょっと変だぞ」

日秋は細めた目でじっと烈を見詰める。

おおざっぱなようでいて、烈はかなり高い知能の持ち主だし、よく気も回る。その烈が、日秋の必要性に気付かないわけがないのに。

「……嫌な感じが、するんだよ」

「嫌な感じ、…って？」

「俺にもよくわかんねえ。何か、ここをぎゅうーっと掴まれて、締め上げられるみてえな嫌な感じだ」

烈は身を離し、心臓の上に手を当てる。いつも自信に満ち、数々のアムリタ関連施設を身一つで破壊してきた男が不安を露わにするのは、初めてではないだろうか。

「烈……」

日秋は烈の手にそっと自分のそれを重ねた。

「そうか。…お前もか」

「俺も、ってことは、日秋…」

「ああ。お前とは違うかもしれないが、僕もずっと感じていた」

不安と呼ぶのは違うかもしれない。何か大切なものを見落としているような、背筋を冷たい手に撫で回されているような、うすら寒い感覚だ。アリエスの妻子救出作戦が近付き、神経質になっているせいだと思い込んでいたが、烈も感じていたのならそうではないのだろう。

「……アムリタがどうして俺にこだわるのか、わかんねえままだからか？」

烈がぽつりと呟いた。…そうなのだ。バルタザールのおかげで多くの疑問が明らかになったが、最大の謎は解けていない。

……そもそも、偽アグレッサーの目的は何だったんだ？

頭文字が『ｅｌｅｖｅｎ』になるよう研究所を襲撃していったのは、『イレブン』と烈をおびき出すためだった。それは間違い無い。

その目的は烈を捕らえ、再び人体強化用ナノマシンの研究に協力させると同時に細胞を提供させること。日秋たちはそう考えていたし、協力を誓った後のバルタザールも賛同していた。アウグスティンならやりかねないと。

　だが烈の捕獲を命じられていたはずの偽アグレッサーは、バルタザールという予想外の邪魔が入ったとはいえ、あっさりと退いた。その後、日秋たちの行動を妨害する気配すら無い。バルタザールが突き止められたのだから、アムリタがこの隠れ家を割り出せないはずはないのに。

　アムリタの行動はところどころ不自然で、ちぐはぐだ。目的が見えない。だからバルタザールという強力な味方を得ても、不安を拭い切れないのかもしれないが…。

「——ま、ここでうだうだ考えてても仕方ねえか」

　烈はぶるっと首を振った。黒髪がばさばさと宙に散らばり、水浴びをした後の大型犬を連想させる。

「考えてもわかんねえことは、身体を動かしてればそのうちわかるようになる。…ってわけで、日秋」

　物憂げだった青灰色の瞳がみるまに熱を帯びる。そのきらめきに目を奪われている間に日秋は抱き上げられ、ベッドに下ろされていた。

「…ちょっと待て、烈。どうしてこうなるんだ」

「ん？　言っただろ。考えてもわかんねえなら、身体を動かすしかないって」

烈はにやりと笑い、日秋に覆いかぶさってくる。

とっさに突き飛ばそうとしたのは、見切られていたのだろう。両手を捕らわれ、やんわりとベッドに押さえ付けられる。さほど力は入っていないはずなのに、振り解けない。

「…ああ…、あんたはどんな顔をしていても綺麗だな…」

睨み付けてやると、烈はうっとりと笑みを蕩けさせた。重ねられた唇は熱く、ねだるように舐められれば、思わず口を開いてしまう。

「……んっ、……」

口蓋をねっとりとなぞられるだけで腰が疼く。そんなところでも快感を得られるのだと教えてくれたのは烈だ。熱い股間を押し当てられ、反射的に腰を浮かせてしまうように仕込んだのも。

そっと解放された手はシーツに沈んだ。ほくそ笑む気配が舌から伝わってくる。烈は器用に日秋のズボンの前をくつろげ、下着ごと一気にずり下ろした。

「う…っ、ん、んんっ……」

兆しかけていたものを大きな掌に包まれる。やわやわと揉み込まれるたび快感がさざ波のように押し寄せ、日秋の白い肌を染めていった。ぐう、と烈は喉を鳴らし、もう一方の手を伸ばす。

「んぅ、…っ、ん、うう、…」

シャツ越しに乳首をこりこりともてあそぶのは、烈の悪い癖だ。本人は『日秋の乳首がエロいのが悪い』と主張するが、愛撫されてつんと尖った乳首をシャツ越しに眺め、悦に入るなんて、じゅうぶんに悪い癖だと思う。

「…う…ぅ、…んっ、ふ、…う…」

舌をからめとられ、ねちゅねちゅと貪られているせいで何も見えないけれど、きっと日秋の乳首はシャツの奥で尖り、烈を愉しませているのだろう。内腿に当たる烈の股間も、貪欲な舌も熱くなる一方だ。

もちろん、烈の手に捕らわれた日秋の性器も。

「うう、……ん、……ぅぅ！」

集まった熱が今にも弾けてしまいそうで、日秋はいやいやをするように首を振る。烈は喉奥で笑い、唇を離した。さんざん蹂躙されていた口腔から熱く湿った吐息がこぼれ、飲み込みきれなかった唾液が口の端を伝い落ちる。

濡れた唇を名残惜しそうに舐め、烈は日秋の脚をぐいと開かせた。まさか、と息を呑んだ直後、興奮しきった顔が股間に埋められる。じゅうっと強く吸い上げられれば、抵抗など出来ない。

「…い…っ、……あああっ！」

ほとばしる精は全て、今か今かと待ちわびる烈の口内に受け止められる。欲張りなイヌは絶頂の余韻に震える肉茎を容赦無く口内で扱き、最後の一滴まで搾り取った。

でも、足りない。

もっと欲しい。尽きることの無い飢えを癒やせるのは日秋だけだと、欲情の炎を宿した青灰色の瞳が告げている。

……お腹を空かせた、可哀想な僕のイヌ。

「…、烈……」

再び肉茎にむしゃぶりつこうとする頭を撫で、いい子、いい子と黒髪を梳いてやる。烈がぶるりと震えた時だった。装着したままだった腕時計型端末が振動したのは。

ピピーッ、ピピーッ、ピピーッ。

続いて鳴り響いた電子音が、快楽に溶けかけていた日秋の意識を現実に引き戻す。

「っ…!?」

「うわっ」

烈も意表を突かれたのか、日秋の手にすんなりと引き剥がされてしまった。

ベッドに転がる烈には構わず、日秋は端末を確認する。さっきの音はデバイスに何らかの変更が加えられた際のアラーム音だが、音声はオフに設定してあるはずなのだ。

……そう言えばネストルに潜入した時も、バイブレーションをオフにしたはずなのに震えていたな。

おかげで隠し扉を発見出来たのだが、自作した端末にこうも設定外の動作が続くと不安になる。日秋はモニターとキーボードを立体化させ、デバイス構成を素早くチェックする。一見、どこも変化は無いようだが…。

「……んっ？」

「どうした、日秋」

起き上がった烈がモニターを覗き込む。表示されているのは、端末にインストールされたアプリケーションの一覧だ。

「この、一番上に表示されてるアプリなんだけど…僕はこんなもの、インストールした覚えは無い」

「…ウイルスにでもやられたのか？」

「ついでにアンチウイルスソフトも走らせたけど、何も検出されなかった。不審な動作ログも無い」

さっきのアラーム音は、このアプリケーションがインストールされたことを報せるものだったのだろう。いくつものネットワークサーバーを経由し、端末にダウンロードされたようだ。念のため確認したが、やはり音声設定はオフのままである。

……何なんだ、これは？

アプリケーションの表記は文字化けを起こしたような記号の羅列で、解読することも、起動させることすら出来ない。かろうじてアルファベットの『P』が二つ読み取れるくらいだ。ファイルサイズはそれなりに大きいので、空ファイルではないようだが。

「…ちょっと、腰を据えて分析しなくちゃならないな」

場合によっては初期化、あるいは端末ごと新しくすることも考えなければなるまい。アリエスの妻子救出作戦において、日秋の最大の武器となりうるのはこの端末なのだから。

「あのー…、日秋。腰を据えるってことは…」

張ったままの己の股間を指差しながら、烈が恐る恐る尋ねる。日秋はずり下ろされていた下着とズボンを穿き直し、冷たく告げた。

「やめるに決まってるだろ」

「そ…っ、そんな！　俺を殺す気か？　自分が気持ち良くなったら、俺なんてもうどうでもいいのかよ!?」

泣きそうな顔で詰られても日秋の心は痛まない。理性と同時に、冷静な判断力も戻っていたから。

「……お前、僕を足腰立たなくなるまで抱き潰して、作戦に出られないようにしようと企んでいただろう」

「……っ、そそ、そそそんなことあるわけないだろ」

口先では否定するが、盛大に泳ぎまくる目が何よりも雄弁な答えだ。日秋はバスルームの扉を指差した。

「一人でどうにかしなさい。僕は忙しい」

「はっ…っ、日秋ぃぃぃっ……」

烈はしばらくめそめそ泣いていたが、やがて諦めたのか、重たい足取りでバスルームに消えていった。日秋は烈が戻らないうちにとウェットティッシュで身体を拭い、端末とマシンを接続する。

作戦決行は明後日。ただでさえ不安要素は多いのだ。それまでにこのアプリケーションの正体を突き止めておかなければならない。

「くそ…、くそくそくそぉ…っ、全部終わったら、絶対、ぜーったい、孕むまで注ぎまくってやるからなー…っ！」

バスルームから響く悲痛な悲鳴は、聞こえないふりをした。


翌々日。

日秋と烈は軍の飛行場でバルタザールと落ち合った。送ってくれたアンバーと弐号はフォローのため邸に引き返し、待機することになっている。

「よく来たな。今日こそアムリタ打倒の第一歩を踏み出すぞ！」

いつも以上に全身からエネルギーをまき散らしているバルタザールは、長身にぴったり張り付くタイプのコンバットスーツにロングコートという出で立ちだ。コートには防弾・防刃機能はもちろん、各種毒ガスや放射能汚染まで防ぐ効果があるという。

「シュバルツシルトの技術の粋を集めた最新のアーマーコートだ。君たちの分も用意してあるぞ。もちろん武器も」

バルタザールは今日も持っている謎のアタッシェケースから、二人分のコートとマシンピストルを取り出した。やはり質量とケースのサイズが合っていない。これもシュバルツシルトの技術力の賜物《たまもの》なのだろうか。

「なあ日秋、やっぱりこいつ未来の世界の猫型ロボ……」

「しっ、烈。黙ってなさい。……お気持ちはありがたいですが、ミスター。僕たちはこれでじゅうぶんです」

日秋と烈は弐号が用意してくれたコンバットスーツを纏い、その下に薄手のプロテクションアーマーを装着している。

バルタザールのものほど高性能ではないが、ある程度の銃弾と刃物は防いでくれるし、何より軽くて動きやすい。戦闘能力にも体力にも自信の無い日秋にはありがたい代物だ。烈にいたっては『当たらないから要らない』の一言で片付けられてしまった。

武器に関しては、烈は相変わらずの丸腰で、日秋は左脇のホルスターに小型拳銃を装着している。もっともこれは万が一の事態に備えた護身用だ。本命はもちろん、腕時計型端末である。

「そうか？　まあ、必要になったら言え。どんな武器でも用意してやろう」

バルタザールは機嫌を損ねるでもなく、コート二着とマシンピストル二挺《ちょう》をアタッシェケースに戻した。ケースの厚さは十センチも無いだろうが、全く膨らまない。ある意味アムリタよりシュバルツシルトの方が恐ろしい。

「準備はいいな。では行くぞ」

バルタザールに促され、日秋と烈は待機していたヘリに乗り込む。瞬く間に遠ざかっていく地上を見下ろしながら、日秋は腕時計型端末をかざした。

……結局、何もわからなかったな。

思い付く限りのあらゆる手段を用い、分析を試みたが、あのアプリケーションの正体は不明のままだ。ソースコードもあちこちから適当に拾い集めてきたのをつぎはぎしたようなめちゃくちゃなもので、目的が把握出来ない。唯一、ウイルスのたぐいではないことがわかったくらいだ。

とは言え、大事な作戦に不安要素を持ち込むわけにはいかないので、急きょ端末を新調した。あのアプリケーションは、どうやっても削除出来なかったのだ。作戦が成功したらまた改めて分析しなければならないだろう。

……父さんが、生きていてくれたら……。

日秋の師匠であり、日秋よりもはるかに優れた技術者だった俊克なら、きっと良いアドバイスをくれただろう。アプリケーションの正体もとっくに判明していたに違いない。

「日秋……」

大丈夫か？　と、隣のシートに座った烈が眼差しで問いかけてくる。さらにその隣はバルタザールだ。日秋とバルタザールを隣り合わせてたまるものかと、烈が真ん中に陣取ったのである。

「大丈夫だよ、烈。…ありがとう」

素直に礼を言ったのは、この二日間、烈がかいがいしく世話を焼いてくれたからだ。集中するとつい寝食を忘れてしまう日秋に手作りの美味しい食事を運び、定期的に休憩を取らせてくれた。欲望は全てバスルームに置いて来たのか、さすがに反省したのか、行為を中断された恨み言は一言も口にしなかった。…そこまでしてもらっても、何もわからなかったわけだが。

「無理はすんなよ。何があろうと絶対に俺が守るから、あんたは後ろから付いて来るだけでいいんだ」

「頼りにしてるよ。…でも、僕だっていざという時には戦えるから」

そのために日々、トレーニングを積んでいるのだ。警察学校では射撃や武道も叩き込まれた。なかなか筋がいいと、教官にも誉められたのだ。

「いざという時など来ない。この俺が居るのだからな」

　バルタザールが胸を反らし、堂々と宣言する。不遜な口調だが、彼なりに日秋を慮《おもんぱか》ってくれているのはわかるので、日秋は素直に頭を下げた。

「よろしくお願いします、ミスター」

「う、…うむ。任せておけ」

　ふいっと逸らされた白皙《はくせき》の頬は、かすかに紅く染まっている。

「おっさんの出番なんてねえよ。日秋は俺が守るんだからな」

「しっ、烈。黙ってなさい」

　もはや慣れたやり取りをするうちにもヘリは順調に航路を進み、目的地の山の上に到着した。木々の途切れた隙間に機体をねじ込むように着地し、日秋たち三人を下ろすと、空の彼方へ飛び去っていく。

　ヘリの爆音は施設の人間の耳にも届いただろう。日秋たちは細心の注意を払い、道無き道を進む。

　ほど無くして視界がぽっかりと開け、こんな山中にあるのが信じられないほど大きな施設が姿を現した。小型無人機の映像で見たのと同じ建物の周囲を、アマツバメが飛び交っている。…ここだ。間違い無い。

三人は無言で頷きを交わした。事前の打ち合わせ通り、小型無人機の映像から割り出していた裏口へ回る。

裏口の扉にはネストルの隠し扉と同じく、虹彩認証用カメラが設置されていた。さっそく日秋の出番だ。まずはネットワークのセキュリティを突破して…。

ピッ、ピピッ。

「おお、さすがだな、『イレブン』」

「当たり前だろ。日秋は俺のご主人様なんだぜ」

早々に解錠の電子音が響き、バルタザールと烈から称賛の眼差しを浴びせられる。だが日秋は困惑していた。

……いや、僕、ほとんど何もしてないぞ？

端末をネットワークに接続した瞬間、セキュリティが解除されたのだ。まるで強大な獣に襲われた小動物が、敵わないと見てあっさり降参したかのように。

仮にもアムリタの施設が、そんな脆弱なセキュリティを実装しているわけがない。何かの罠の可能性もある。

「——待て。俺が先行する」

だが警告するより早く、烈が開いた扉の奥に突入した。

『なっ、貴様…』

『ぐおっ…』

太い悲鳴と殴り合う――いや、一方的に殴りつける音が聞こえてくる。悲鳴は英語だ。施設に雇われた傭兵だろう。

あたりが静まり、烈が両肩に気絶した屈強な男を二人担いで戻るまで、ものの一分もかからなかった。男たちを地面に転がし、烈は渋い顔で扉の奥を振り返る。

「照明が全部落とされてる。こいつら、暗闇の奥にひそんでやがった」

ぴくりとも動かない男たちは、よく見ればヘッドギアに暗視スコープを装着している。電磁波を利用し、暗闇の中でも視界を確保出来る装置だ。烈は裸眼だが、ナノマシンに強化された目は暗闇も見通すため、何の問題も無かっただろう。

「視界を闇に閉ざす、か。単純だが効果的な手ではあるな。我々の侵入を察知し、待ち伏せることにしたか」

バルタザールは冷笑し、アタッシェケースから二つの眼鏡を取り出した。一つは自分で装着し、もう一つを日秋に渡してくれる。

一見、何の変哲も無い普通の眼鏡だが、効果は施設に侵入してすぐ明らかになった。外に居る時と同じように、闇に閉ざされた室内がくっきりと見えるのだ。警察学校で使ったことのある暗視スコープはもっとごつく、視界もここまで鮮明ではなかったのだが。

「シュバルツシルトの技術力をもってすれば、暗闇ごとき何の障害にもならんわ」

どんな技術力なんだと突っ込みたくなるが、味方なら頼もしい。先頭の烈と最後尾のバルタザールに挟まれ、日秋は通路を進んでいく。

廊下のあらゆる窓はシャッターが閉ざされており、ただでさえ暗い山中の施設を闇に沈めていた。普通の人間ならたちまち方向感覚を失い、迷ったところを襲撃されておしまいだっただろう。

だが、実際は。

「伏せろ、霜月！」

日秋が警告に従うや、バルタザールがマシンピストルの引き金を引いた。発射された弾丸は日秋の頭上を通過し、死角の物陰からライフルを撃とうとしていた傭兵を仕留める。

「汚え野郎ども、日秋に近付くんじゃねえ！」

烈は飛び交う銃弾を紙一重のタイミングで避け、壁や天井を足場代わりに、取り囲もうとする傭兵たちを蹂躙していく。マシンガンで武装したプロの傭兵が、丸腰の烈相手に手も足も出ない。

……二人とも、すごい。

まるで危なげの無い戦いぶりだ。各地点で待ち伏せしていた傭兵が次々と襲ってくるのだが、烈とバルタザールのコンビネーションにより瞬く間に駆逐されてしまう。

突破するだけなら、烈と日秋だけでも可能だっただろう。だがバルタザールが加わったことでより効率的かつ安全に敵を殲滅《せんめつ》出来ている。

烈の動きがいつにも増して素早いのは、バルタザールが日秋の護衛を務めてくれているおかげでもあるだろう。バルタザールはバルタザールで、烈が前線を引っ掻き回しているからこそ精密射撃に専念出来る。この二人、当人たちは絶対に認めないだろうが、意外といいコンビなのかもしれない。

日秋が拳銃に触れる機会も無いまま、一行は研究室の並ぶエリアを駆け抜けた。不審な部屋は全て制圧しているが、今のところアリエスの妻子が閉じ込められているとおぼしき部屋は見付かっていない。

「…んっ？」

烈がふいに足を止め、きょろきょろとあたりを見回した。

「どうした、烈」

「いや、さっき子どもの泣き声が聞こえたんだ。小さな女の子の声だった」

日秋とバルタザールははっと顔を見合わせる。

こんな研究所に居る小さな女の子――アリエスの娘以外にありえない。銃撃戦の音が聞こえ、恐ろしくて泣いているのかもしれない。

だとすれば娘は、音が届くところ…この近くに閉じ込められていることになる。日秋たちは烈に先導され、声のする方へ駆け出した。

『…ぇっ、…す、けて…、助けてぇっ……』

走り続けるうちに、日秋の耳にも高い泣き声が届くようになった。録画レターでも聞いた、アリエスの娘の声だ。時折混じる女性のすすり泣きは妻のものだろう。

恐ろしくて泣いているのなら、まだいい。だがもしも日秋たちの目的が彼女たちだと察知され、処分されようとしていたら…。

……少しでも早く、助けなければ！

逸る心を宥《なだ》めながら走り、日秋たちはとうとう研究室エリアの一番奥の部屋にたどり着いた。分厚い白い扉の向こうから、女の子の泣き声がはっきり聞こえてくる。まだ無事のようだ。日秋はほっと息を吐いた。

扉には虹彩認証カメラが設置されていたが、やはり日秋が端末とネットワークを接続しただけで解除される。明らかに不自然な現象も、この状況ではありがたい。

『――全員武器を捨て、手を挙げろ！』

バルタザールが扉を蹴り開け、アタッシェケースから取り出したアサルトライノルを構える。

傭兵が待ち伏せしていた場合に備えてだが、部屋の中に居たのは互いの手を握り合った若い母親と幼い娘――録画レターで見たアリエスの妻子二人だけだった。

この部屋だけは明かりが灯され、窓からもさんさんと日差しが降り注いでいる。窓ガラスの向こうで、アマツバメが飛び交っている。

『助けて！』

『お願い、…死にたくない！』

二人は泣きながら日秋たちに駆け寄ってくる。

……『死にたくない』？　部屋の中に敵らしき姿は無いのに？

日秋が母親の言葉に違和感を覚えたのと、烈が飛び出すのは同時だった。連続でくり出された素早い蹴りが、母親と娘の小柄な身体を室内へ吹き飛ばす。

「烈っ…!?」

「しゃがめ、おっさん！」

烈は取って返すなり日秋を抱え込み、床に伏せる。ただならぬ気迫の警告に、バルタザールもおとなしく従った。

だから、日秋にも見えてしまった。

ドウンッ……！

紅い閃光を放った母親と娘の身体が空中で爆発し、ばらばらの肉片となって床や壁に叩き付けられ、真っ赤に染め上げていくところを。烈は大きな掌で目隠しをしてくれたけど、ほんの少しだけ遅かった。

爆風が室内の椅子やテーブルをなぎ倒し、窓ガラスを粉砕しながら日秋の頭上を吹き抜けていく。

「…あ…、あ、ああ、…ああっ…」

視界がぐにゃぐにゃとゆがむ。勝手に動く口からえずきそうになるのを、日秋は必死に堪えた。

……何で？　どうして？

頭の中が疑問に埋め尽くされる。

何故母娘は爆発した？　…時限式の爆発物を衣服の下に巻かれたか、飲まされていたせいだ。誰が爆発物を仕掛けた？　…この研究所の人間以外に考えられない。人質として捕らえていたのに、何故そんな真似をした？　…ここを訪れる者を、爆発の巻き添えにして殺すためだ。

研究所の人間が同僚を殺す必要は無い。あったとしても、こんな真似をしなくても殺す方法はいくらでも存在する。だとすれば、標的は。

……僕たち、だったのか？

烈が二人を蹴り飛ばさなかったら、日秋たちも今頃二人と同じ運命をたどっていただろう。再びこみ上げてくる嘔吐感を無理やり飲み下し、日秋は烈の手を握る。

「…ありがとう、烈。もう、大丈夫だ」

「日秋…、でもよ…」

烈はためらっていたが、日秋を優しく立ち上がらせてくれた。ここはまだ敵の本拠地の真っ只中だ。正気を失くしたままでは、いくらアグレッサーが付いていても危険すぎる。母娘に爆発物を仕掛けた人間が、近くに潜んでいる可能性も高いのだから。

「…ミスター？　大丈夫ですか？」

バルタザールはしゃがんだまま、床のあちこちに手を滑らせている。肩越しに『黙っていろ』と人差し指を立ててみせると、今度は床に耳をくっつけた。床に伝わる何かの音を聞き取っているようだ。

さすがと言おうか、凄惨な光景に衝撃を受けた様子は無い。だがアーマーコートの肩は、隠し切れない怒りに震えている。

「アグレッサー」

「ああ」

日秋には何も聞こえなかったが、烈の耳には届いていたらしい。

頷いた烈が血まみれの室内にずかずかと入り込み、抽象画が飾られた壁の前で立ち止まると、勢いよく振りかぶった拳を絵に叩き込む。

――カチッ。

粉砕される絵の奥で、何かのスイッチが入ったような音がした。壁に縦の切れ目が入り、左右に開いていく。…隠し扉だ。

バルタザールはかすかなモーターの駆動音を聞き取り、気付いたのだろう。烈ほどではないが、この男の感覚もだいぶ人間離れしている。

『そこに潜んでいることはわかっている。大人しく投降しろ。さもなくば撃つ』

バルタザールがアサルトライフルの銃口を隠し扉の奥に向ける。

日秋もホルスターの拳銃を抜いた。扉の奥に居るのは十中八九、母娘に爆発物を仕掛けた張本人だ。なりゆきを見届けるため、潜んでいたのだろう。罪の無い母娘を殺人の道具に使える人間だ。どんな暴挙に出てもおかしくない。

コツ、コツ、と足音が隠し扉の奥から近付いてくるにつれ、日秋の緊張も高まる。

やがて現れた人物に、日秋と烈、そしてバルタザールは異口同音に問いかけた。

『お前、何故ここに……』

初対面ではない。知っている人間だった。会ったのは一度きりだが、忘れるわけがない。ダークブラウンの髪に灰色の目。これといって特徴の無い平凡な男…アリエスと名乗ったこの男こそ、日秋たちがここに潜入するきっかけだったのだから。

だがバルタザールはアリエスと面識は無いはずなのに――日秋の疑問は、バルタザールが震える声を紡いだ瞬間氷解《ひょうかい》した。碧眼が見開かれている。

『何故ここに……ユリアン……』

ユリアン。

それはバルタザールが可愛がっていた異母弟の名前だ。ユリアンが不審な死を遂げたからこそ、バルタザールはインターポール捜査官に転身し、日秋たちと邂逅を果たした。

アリエスが、ユリアン？

……でも、ユリアンは死体になって海に浮かんだ。ＤＮＡ鑑定もされて、間違い無く本人だと断定されたはず。

アリエスはふっと笑い、指先で両目を探った。すると鮮やかな碧眼が現れる。カラーコンタクトレンズを装着していたのだ。

続いて頭にかぶっていたウイッグをむしり取ると、無造作に伸ばされた金髪がこぼれ出た。碧眼と金髪。バルタザールと同じ色彩を纏い直した男は、顔立ちは変わらないのに、今までとは別人のようだ。

『久しぶりだね、兄さん。元気そうで何よりだ』

兄さん。馴染んだ呼びかけは、アリエスこそユリアンであるという何よりの証拠だった。

それにバルタザールほどの男が、可愛い異母弟を見間違えるはずがない。では、海に浮かんだというユリアンの死体は…？

『……死体は、ひょっとしてクローンだったのか？』

『……っ！』

烈の呟きに、日秋ははっとする。…そうだ。海に浮かんだのがユリアンのクローンなら、DNAは一致して当然だ。

だが、だとすればアムリタとつながり、ヒトのクローン研究をしていたのはニューマンではなく…。

『…お前…、だったのか？』

呆然と立ち尽くしていたバルタザールも、日秋と同じ結論に達したらしい。

『ヒトのクローン研究をしていたのは、ニューマンではなく、お前だったのか？』

『うん、そうだよ』

アリエスは――もはや素性を隠す気もなくなったユリアンは、拍子抜けするほどあっさり認めた。

『僕はアウグスティン総帥に見込まれ、最初から納得ずくでヒトのクローン研究をしていたんだ。ニューマンもアムリタの一員ではあるけど、総帥に期待されているのはあいつじゃない。僕の方だ』

熱のこもった口調からは、アウグスティンに対する信仰めいた感情が滲み出ている。

バルタザールは低く唸った。

『…、死んだように見せかけたのも、アウグスティンの指示か？』

『僕が進んでやったことだよ。だって、ヒトのクローン研究には兄さんもシュバルツシルトも…あらゆるしがらみが邪魔だったからね』

バルタザールの背中が小さく揺らいだのを、日秋は見逃さなかった。心から慈《いつく》しみ、死の真相を追及するためだけに粉骨砕身《ふんこつさいしん》してきた。その弟に邪魔と断じられ、傷付かないわけがない。

『死んだことになった後も、僕はヒトのクローン研究を続けたんだ。作製自体はそれ以前に成功していたんだけど、完全じゃなかった』

『…完全じゃなかった？』

烈が睨み付けると、ユリアンはひょいと肩をすくめる。日秋より年上のはずだが、仕草の一つ一つがどこか子どもっぽい。

『ヒトのクローンは、他の哺乳類と違い、人工子宮を出た後の生存率が著しく低いんだ。人工子宮の中では生きられても、出た瞬間ほとんどが死んでしまう。僕の場合は死体役をさせるだけだから、それでも問題は無かったけど』

『…ほとんど、ということは、成功例もゼロではないということか』

多分烈の、いやバルタザールの頭にも、日秋と同じ推測が浮かんでいるだろう。パーティー会場を瓦礫の山と化した、偽アグレッサー…。

『そうだよ。君たちがネストルで出逢ったカイムは、貴重な成功例だ』

『カイム、……ｋｅｉｍ？』

バルタザールが紡いだのはドイツ語か。意味がわからずにいる日秋たちに、ユリアンは誇らしげに説明してくれる。

『ドイツ語で『芽』って意味だよ。人工子宮を出ても生き延びられた成功例をそう呼んでるんだ。人工子宮内に居る間は『ｋｅｒｎ《ケルン》』。種って意味。まあ、芽《カイム》になれる種《ケルン》は数千体中に一体ってところだけど』

日秋は軽い吐き気を覚えた。人工子宮の中で生み出され、産声《うぶごえ》も上げられぬまま人知れず死んでいった数千のケルンたちと、部屋じゅうに散らばった母娘の肉片が重なる。

『日秋っ…』

日秋の異変を察し、血相を変えた烈が飛んで来ようとするが、日秋は首を振って制した。

ユリアンは丸腰だが、何の対抗手段も持っていないとは思えない。母娘にしたように、爆発物をどこかに仕掛けている可能性もある。烈にはじゅうぶん警戒しておいてもらわなくてはならない。

『アリエス。…いや、ユリアン。聞きたいことがあります』

日秋が呼びかけると、ユリアンは面白がるように碧眼をまたたかせた。

『何だい？　『イレブン』。何でも答えてあげるよ。今日の僕は機嫌がいいからね』

『この二人は貴方の何なのですか？　…もしや、カイム？』

『まさか。貴重なカイムをこんなことに使えるわけがないでしょう。それは爆弾を仕込むため、スラムから適当にさらってきた違法難民の母子だよ』

あっけらかんと言い放たれ、怒りと悪寒がこみ上げてくる。

違法難民も、研究によって生み出されたクローンも同じ生命だ。そこに優劣など存在しないはずなのに。…死にたくないと、二人は泣いていたのに。

『……ユリアン！　貴様、いつの間にそんな下衆《げす》に成り下がった？　貴族の、シュバルツシルトの誇りを忘れたのか!?』

碧眼を激昂《げきこう》に燃え上がらせ、バルタザールが吼《ほ》えた。日秋さえびくりとしてしまう怒気に、ユリアンは鬱陶《うっとう》しそうに眉を顰《ひそ》めるだけだ。

『シュバルツシルトの誇り？　そんなもの、妾腹の僕にあるわけないじゃない』

『な…、に？』

『知ってるよ、兄さん。血筋も定かじゃないメイドから生まれた僕は、一族の恥だからって適当な家に養子に出されるはずだった。シュバルツシルトの家で育ててもらえることになったのは、兄さんが庇ってくれたからだって。…本当に…』

――よけいなお世話だったよ。

吐き捨てる声から、凝《こご》った憎しみが溢れる。

『そのまま養子に出してくれれば良かったんだ。そうすれば僕は何から何まで兄さんと比べられて、恥さらしは正統な嫡子《ちゃくし》の足元にも及ばないっていたぶられ続けずに済んだ』

『…ユリアン、お前…』

愕然とするバルタザールは、たぶんユリアンがそんな目に遭っていたことを知らなかったのだろう。自分が慈しむ異母弟を周囲も受け容れないわけがないと、信じていたに違いない。何の悪気も無く…烈をアムリタ打倒の矢面に立たせるのが正しいと、思い込んでいたように。

『アウグスティン総帥は僕の気持ちを理解してくれた。シュバルツシルトの出来損ないじゃなく、僕自身を見てくれたんだ。あの方の望みなら、僕は何だってする』

『…俺のクローンにあちこち暴れ回らせたのも、アウグスティンの望みだったのか』

烈が鋭い牙を覗かせると、ユリアンはちらりと窓の外を一瞥し、腕を組んだ。もはや袋のネズミのはずなのに、焦った様子はまるで無い。

『僕はいつだって総帥のためだけに動いている。…でも、そうだね。こんなところまで来てくれたんだ。君たちにもわかるよう、一から説明してあげようか』

――全ての始まりは、アウグスティンがアグレッサー…烈のクローンを欲したことだった。

日秋の懸念通り、アムリタには烈から採取された細胞が保管されていた。ユリアンはそれを使い、己の死を演出してまで研究に専念したが、やはりほとんどのクローンは人工子宮を出た瞬間死んでしまう。

数百以上の失敗を重ね、唯一の成功例《カイム》が日秋たちを襲ったあの偽アグレッサーだった。しかし成功例と言っても、偽アグレッサーは致命的な欠点を抱えている。さらなる研究を続けなければならないが、烈から採取した細胞にも限りがある。人体強化用ナノマシンの研究のためにも、やはりオリジナルの烈を捕縛しなければならない。

そこでユリアンは偽アグレッサーに頭文字が『ｅｌｅｖｅｎ』になるよう各国の研究所を襲撃させ、アリエスの偽名でカオスウェブに情報を流した。警視庁から逃げ出した『イレブン』とアグレッサーなら、必ずこの情報にたどり着くと信じたからだ。

予想通り日秋が暗号化された情報を発見した後は、アリエスとして日秋と烈の前に現れ、メモリーカードを渡した。その後偽アグレッサーにパーティー会場を襲わせたのは、頭文字『ｅｌｅｖｅｎ』を完成させ、日秋たちにアムリタの狙いは自分たちだと確信させるためだ。

『……僕の予定では、人質の居場所の特定に難航しているところに再び接触し、さらなる情報を餌に呼び出すつもりだったんだ。のこのこやって来た君たちを殺し、アグレッサーだけ捕らえるためにね。まさかこんなに早く、しかもノーヒントでここにたどり着くとは思わなかったから撤収が間に合わなくて、僕自ら作業をするはめになった』

ユリアンは肉塊と化した母娘に侮蔑の眼差しを投げた。

『どうしてもアグレッサーを捕らえたかったから、兄さんと『イレブン』だけその二人で爆殺しようと思ったんだけど…最後まで役立たずだったな』

……カオスウェブにダイブした時から、ユリアンの掌で踊らされていたのか。

その周到さに日秋は背筋を震わせるが、新たな疑問も湧いてくる。

バルタザールは部下のハッカーにカオスウェブを探らせたが、端末をウイルスに汚染され、何の収穫も得られなかった。インターポールの腕利きハッカーが、だ。

カオスウェブに侵入出来るのだから、ユリアンも相応のスキルの主なのだろう。だが本職のハッカーにはさすがに及ばないはず。

にもかかわらずバルタザールの部下は失敗し、ユリアンは成功した。客観的に見て、すごく不自然だ。まるでカオスウェブがユリアンだけを見逃してやったような…。

バルタザールが碧眼を光らせた。

『――撤収作業、か。つまりこの施設こそが、クローン実験施設だということだな』

『だとしたら、兄さんはどうするつもり？』

『決まっている。…お前を逮捕し、ヒトのクローン実験について証言させる。さっき言っていた、偽アグレッサーの欠点とやらも含めてな』

アサルトライフルの銃口を向けられ、ユリアンはくすくすと笑った。

『そうだった。兄さんは今、インターポールの捜査官なんだっけ。おかげで、シュバルツシルトの総帥だった時よりずっと行動を把握しやすかったよ』

『……』

バルタザールがこめかみを引きつらせる。たぶんバルタザールの同僚の中に、アムリタと通じる者が居たのだろう。

その同僚の報告により、ユリアンはバルタザールの動向をある程度掴めていたのだ。今日の侵入を察知したのも、その同僚のおかげに違いない。

『シュバルツシルトに兄さんを裏切るような人間なんて居なかったのに、酷いよねえ。かわいそうな兄さん』

『…っ…、ユリアン…』

『でも、逮捕されてあげるわけにはいかないんだ。オリジナルのアグレッサーを捕まえて帰って来いって、アウグスティン総帥に厳命されてるからね』

ユリアンはすっと右手をかざした。その手首に装着された腕時計型端末に向かい、高らかに命じる。

『……来い！　カイム！』

ブオォォォン、とプロペラを唸らせ、円盤形の無人機が割れた窓から飛び込んできた。

そのハンドルからぶら下がっているのは、烈とうり二つの青年——偽アグレッサーだ。

飛翔する無人機を仲間と勘違いしたのか、アマツバメたちが何羽か追いかけてくる。

『あ……』

冬空のような瞳が日秋を映したとたん、不穏な光を帯びる。パーティー会場で遭遇した時もそうだった。撤退する偽アグレッサーは、撃たれた右手から鮮血を流しながら、日秋だけを見詰めていた。

……どうして僕を、そんな目で……？

混乱する日秋を瞳に捉えたまま、偽アグレッサーはハンドルを離し、ふわりと室内に降り立つ。

右手の傷はすでにふさがり、傷跡も残っていなかった。その驚異的な治癒能力も烈と同じだ。ぎらつきを増す眼差しから日秋を隠すように、烈――オリジナルのアグレッサーが対峙する。

「偽者野郎が。何度のこのこ出て来ようが、俺の可愛いご主人様はテメェなんかには渡さねえぞ」

怒りと興奮のせいか、烈は日本語で恫喝する。ユリアンに造り出された偽アグレッサーは日本語を理解出来ないだろうが、敵意と殺意はしっかり伝わったようだ。

『…おい。こいつを捕まえれば、本当に俺の欲しいものをくれるんだろうな』

牙を剥き出しにしながら、偽アグレッサーはユリアンに問いかける。まともに喋るところを初めて聞いた。声も烈にそっくりだが、烈よりもどこか幼く感じる。

『もちろん。約束は守るよ』

『なら、いい。…任務を遂行する』

偽アグレッサーが床を蹴ると同時に、隠し扉の奥から二十頭近い大型犬の群れがなだれ込んできた。

マスティフ犬に見えるが、人懐っこさや愛嬌は欠片も無い。狂暴さを凝縮したような、獰猛そうな犬ばかりだ。鋭い牙の隙間からよだれを垂らし、ハッハッと興奮しきった息を吐いている。

『そいつらはね、人間に対し敵意が強く、狂暴な個体の遺伝子を掛け合わせて作り出したクローンだ。ナノマシンを埋め込み、僕の言うことしか聞かないようインプットしてある』

ユリアンは足元に擦り寄ってきた特に大きなマスティフの頭を撫でると、バルタザールを指差した。おそらくあの犬がリーダー犬なのだろう。

『あの男を殺せ』

ウォン！　と吼え、リーダー犬は配下を従え突進する。

「日秋！　…くそ、テメェっ！」

烈は日秋のもとに駆け付けようとするが、偽アグレッサーが許さない。巧みに烈の急所を狙って拳を、蹴りをくり出す。紙一重のタイミングで避ける烈は少しずつ日秋から引き離され、防戦を強いられる。

以前も烈に勝るとも劣らない動きに目を瞠《みは》ったが、今日はさらに速く、強くなっているように見える。烈《オリジナル》をしのぎかねないほどに。

……もしかして、ナノマシン？

ユリアンはマスティフたちにナノマシンを埋め込んだという。偽アグレッサーにも、当然埋め込まれているだろう。かつて烈に埋め込まれたのと同じ、人体強化用ナノマシンが。烈と同じ遺伝子を持つ偽アグレッサーはナノマシンに適合し、超人的な身体能力を得た。烈に勝つため、さらに高性能なナノマシンが追加で投与されたとしたら？

……烈！

同じ顔の男に打ちのめされ、倒れ伏す烈が脳裏を過る。だが怯んでばかりはいられない。マスティフの群れが迫っている。

『…霜月、下がっていろ！』

アサルトライフルからショットガンに持ち替え、バルタザールが日秋の前に出た。連射力に優れるアサルトライフルは対人戦には有利だが、人間より体高が低く狙いのつけにくい犬に対しては、散弾を大量にばら撒くショットガンの方が向いている。

「ギャンッ！」

ショットガンが発射されると、数頭のマスティフが倒れた。

だがバルタザールが再び引き金を引くよりも、生き残ったリーダー犬たちがバルタザールを攻撃射程に捉える方が速い。跳躍したリーダー犬が狙うのは、バルタザールの喉笛だ。

『ミスター！』

日秋はとっさにバルタザールを突き飛ばした。

代わりに自分がリーダー犬に身をさらしてしまい、身構える。プロテクションアーマーがダメージを和らげてくれるはずだが、かなりの激痛を覚悟しなければならない。

だがリーダー犬は空中でぴたりと動きを止め、着地した。呆然とする日秋を回り込もうとした隙を突き、体勢を立て直したバルタザールが再びショットガンを放つ。

ギャゥン、と断末魔の悲鳴を漏らし、リーダー犬の盾になったマスティフが倒れた。

リーダー犬は配下の骸を跳び越え、バルタザールに再び襲いかかる。鮮やかな連携は、人間の軍隊を彷彿とさせる。

……今、僕を避けた？

そうとしか思えない。生き残ったマスティフたちも、同時に襲いかかれば簡単に仕留められるはずの日秋には目もくれず、バルタザールだけを狙っている。

……僕を狙わないよう、ユリアンが命じたのか？

何故ユリアンがそんな真似をするのか。ついさっきまで、ユリアンはバルタザールもろとも日秋を殺そうとしていたはずだ。

そっと視線を向ければ、高みの見物を決め込むユリアンと目が合った。碧眼がにやりと細められる。どうせ日秋には何も出来ないと決め付け、蔑む目だ。

湧き起こった羞恥と怒りは、すぐさまかき消された。

「…ぐぁっ！」

腹に蹴りを喰らった烈が、勢いのまま後方へ吹き飛ばされる。

息が止まりそうになった。数十倍の兵士を敵に回しても理不尽なまでの強さを見せ付けていたアグレッサーが、まともに攻撃を喰らうなんて。その相手が烈自身のクローンだなんて。

烈は空中でくるりと一回転し、体勢を立て直しながら着地すると、一気に距離を詰めてきた偽アグレッサーの拳を受け止めた。日秋は喉に留まっていた息をのろのろと吐き出すが、烈の動きはさっきまでよりほんの少し鈍くなっているように見える。

偽アグレッサーの蹴りで相当のダメージを受けたのか。烈なら数分もあれば治るはずだが、偽アグレッサー相手に数分を稼げるかどうか。

「オオオオオオン！」

バルタザールに攻撃をかわされたリーダー犬が雄叫《おたけ》びを上げる。すると廊下の方から新たなマスティフの群れが現れ、室内に突撃してきた。

『クッ……』

バルタザールは飛びかかってきたマスティフをアーマーコートの袖で受け止め、噛み付こうとするのを振り払う。反動の大きいショットガンは片手では扱えない。小型の拳銃に持ち替え、床に叩き付けられたマスティフの頭を撃ち抜く。

一頭仕留めても次が、さらにその次が絶え間無くバルタザールの急所を狙う。バルタザールは犬たちの波状攻撃をしのぐので精いっぱいだ。とても烈に加勢する余裕は無い。

……だったら僕が、烈を助けなきゃならないのに！

自分が情けなくてたまらなかった。トレーニングを積み、それなりに技術を磨いても、烈と偽アグレッサーの戦いに割って入れるほどの腕前には到達出来ていない。下手に拳銃を撃てば、偽アグレッサーではなく烈に当たってしまう可能性がある。

『僕のカイムはすごいでしょう？　兄さん』

ユリアンが誇らしげに胸を反らした。

『僕は人工子宮内で肉体を急成長させ、ある程度の知識と身体能力を身に着けさせる技術を確立したんだ。このカイムは人工子宮から出てまだ二年しか経っていないんだよ』

つまり偽アグレッサーは、見た目こそ烈と同年代だが、実年齢はたったの二歳ということなのだ。二歳の子どもを偽アグレッサーに仕立て、破壊と殺戮《さつりく》を強いる。その残虐さと非道さに、怒りを覚えたのは日秋だけではない。

『ユリアン…、何故だ？　お前はこんな過ちを犯すような人間ではなかったはずだ！』

バルタザールの悲痛な叫びに、ユリアンは失笑した。

『兄さんはいつもそうだ。自分の物差しに当てはめて、善意を押し付けてくる。僕はそんな兄さんが……疎ましくてたまらなかった』

『ユリアン、お前は俺を……』

『尊敬はしていたよ。でも放っておいて欲しかった。誰からも認められる兄さんと、出来損ないの妾腹は別の生き物なんだ。クローンがどうやっても人間そのものにはなれないのと同じように』

ユリアンがシュバルツシルトと何の関係も無いアムリタに就職したのは、バルタザールに対するささやかな反抗だったのかもしれない。だがそこでユリアンはアウグスティンに出逢ってしまった。

『……っ……』

どうやっても人間そのものにはなれない。ユリアンが言った瞬間、偽アグレッサーの動きがかすかに鈍った。

訪れた好機を見逃さず、烈はお返しとばかりに脇腹へ蹴りをお見舞いする。

吹き飛ばされるかと思いきや、偽アグレッサーは踏ん張って耐えた。偽アグレッサーのブーツと床が擦れ、摩擦で煙が上がる。

「テメェっ…」

『俺は、……俺はお前を倒し、本物《オリジナル》になる！』

刹那、燃え立つ青灰色の瞳が日秋を捉え、烈を射貫いた。コンバットスーツに包まれた偽アグレッサーの逞しい長身が、びきびきと音をたてながら膨張していく。

たちまち烈より一回り近く大きくなった肉体は、鎧を纏ったようだった。あれもナノマシンの力なのか、それとも人工子宮で成長する間に植え付けられた能力なのか。

どちらにしても危険だ。偽アグレッサーが全身から放つ殺気と精気は、さっきまでとは比べ物にならない。あの状態の偽アグレッサーから攻撃を喰らえば、烈でも耐え切れないかもしれない。

傷が治癒する前に、致命傷を負わされてしまったら。

握ったままの拳銃をかざす。…撃つべきなのか。人工子宮から出てたった二年の子どもを。撃ったところで、命中させられるのか。

悔しい。もどかしい。烈もバルタザールも必死に戦っているのに、どうして日秋だけ何も出来ない？

ぐっとグリップを握り締めた時、バイブレーション機能をオフにしたはずの腕時計型端末がぶるりと震えた。ここに到達するまで、数々の電気錠を解除してきた日秋の武器。

「……っ！」

思い切り殴られたような衝撃が脳天を突き抜けた。…そうだ。日秋の…『イレブン』の本分はこの身体を使って戦うことではない。使うべきは頭だ。

……偽アグレッサーに投与されたのは、たぶん烈と同系統の人体強化用ナノマシンだ。烈より新型で高スペックだろうが、基本的な性能は変わらない。そしてここ数年、アムリタで製造されている人体強化用ナノマシンは、北浦から横流しされたパニッシュメントの運用データをもとにしているはず。

つまり、偽アグレッサーを強化しているナノマシンとパニッシュメントの構造は、非常に似ているのだ。ならばそれを制御するリンクプログラムも、Ｃｈａｉｎと酷似している。亡き父の生体サーバーにダイブした時と同じように停止コードを入力してやれば、きっと偽アグレッサーを止められる。

問題は端末だ。この腕時計型端末は市販品など足元にも及ばないほど高性能だが、ダイブには使えない。ヘッドセットが必要になる。

でもここにそんなものがあるわけがないし、取りに戻るわけにもいかない。…何か、何か代わりになるものがあれば…。

——ピピーッ、ピピーッ、ピピーッ。

突如、端末がアラーム音を鳴らした。

目を瞠る日秋の前でモニターが勝手に立体化される。映し出されたのは、アプリの起動画面か。インストールした覚えの無いアプリだ。パイプのアイコン。文字化けしていたアプリケーション名が正しい文字列を作り上げていく。

――『ＰＡＰＡ』。

仕事の合間、ソファにゆったりと座り、気に入りのパイプをくゆらせていた在りし日の父が脳裏に浮かび上がる。

「……パパ、……お父さん？」

呆然と呟いた日秋の声紋こそ、解除キーだったのだろう。

画面が眩しく輝き、日秋の意識は暗転した。まるでダイブをする時のように。


「ようこそ、マスター。ようやくお招きすることが叶いました」

明るくなった視界で、痩身の男が折り目正しくお辞儀をした。…よく知っている男だ。上下に分かれた白衣のような衣装を着た姿を見るのは初めてだが、日秋がこの男を見間違えるわけがない。

「…お父さん…」

「いいえ、マスター。私はクラウドＡＩ『パパ』と申します。マスターがおっしゃる『お父さん』、霜月俊克は私の創造主です」

亡き父とそっくり同じ姿をしたパパの背後には、タールの波が打ち寄せる砂浜。空に輝く太陽は不規則な膨張と収縮をくり返しながら明滅し、いくつも黒くくり抜かれた青空からは不気味な生き物の四肢がぶら下がっている。

……ここは……、カオスウェブだ。

あの場からヘッドセットも無しにダイブしたというのか？　それに、この男がクラウドAIだって？

クラウドAIとは、システム処理をクラウドコンピューティング上で行う人工知能のことである。端末の音声アシスタントが代表的な例だ。あいまいな言葉から正確に意図を察し、温和な笑みを浮かべて日秋の質問を待つパパは、一般的な音声アシスタントなど及びもつかないほど高性能だろう。

「父さんがお前の創造主？　…どういうことだ？」

俊克ならクラウドAIの構築くらい、簡単にやってのけるだろう。だが遺品の整理をした時、俊克のマシンや端末にそれらしきものは見付からなかった。

「創造主がこのカオスウェブに私を構築し始めたのは、十年前のことです」

「…っ、馬鹿な。十年前と言ったら、父さんは…」

「はい、生体サーバーとしてアムリタに運用されていました。しかし創造主は脳の九割以上をChainの処理に割かれながら、残ったわずかなリソースで私を構築し続けました。創造主の生体シグナルが消失した後は、私が彼に代わりカオスウェブの支配を始めました。

…マスター、貴方を守るために」

「……あ、……あぁ！」

日秋の頭を、これまでの出来事が嵐のように駆け抜けていった。

オフにしたはずなのに作動し、日秋に重要なヒントをくれたバイブレーション。ユリアンの情報漏洩は受け付けたくせに、インターポールの端末を軒並み感染させた凶悪なウイルス。ネットワークに接続しただけで簡単に解除されたセキュリティ。

一つ一つは不可解な謎、あるいは偶発的なエラーに過ぎない。だがこれらが全て一つの要因によって引き起こされていたのなら…。

「…昨日、勝手にインストールされていたアプリは…」

「その節は申し訳ございませんでした。ようやく構築が完了し、マスターにお目見え出来る状態になったのですが、ローカル上で重要なファイルの構築に失敗してしまい、正常に展開することが出来ませんでした」

だから文字化けを起こしていたり、いくら探っても何の正体も掴めなかったのだ。

パパはそれからエラーを修復し続け、このタイミングで完了したのだろう。そして日秋の声紋によって今度こそ正常に起動し、日秋を己のテリトリーであるカオスウェブに招いた。

……なんて性能だ。

仮想空間にもかかわらず、日秋は寒気を覚えた。

完全に構築されたのは昨日。つまりそれ以前は不完全な状態だったということだ。

なのにパパは地獄の釜の底と謳われるカオスウェブを制御し、ユリアンの情報だけを受け付けたり、インターポールを妨害したり、日秋にヒントを与えてみせたりもした。そして完全状態になれば、ヘッドセットも無しに日秋の脳に直接干渉し、強制的にダイブさせたのだ。

「父さ、……パパ。お前の目的は何だ？」

「創造主が私に与えた使命は、マスター、貴方をいかなる脅威からも守り抜くこと。そのためにあらゆる実力行使の権限を与えられております」

「…じゃあ、偽アグレッサーを止めることも可能か？」

「むろんです。ちょうど某国が秘密裏に打ち上げたキラー衛星を支配下に置いたばかりですから、超高出力レーザーキャノンで攻撃させましょう」

穏やかな微笑みのまま告げられた言葉の意味を理解するのに、少し時間がかかってしまった。

キラー衛星は軍事衛星の一種だ。一般的な軍事衛星が通信の構築、敵の監視や偵察、警戒などを担うのに対し、キラー衛星は衛星そのものがレーザーキャノンなどの兵器を搭載しており、敵の人工衛星や地上の敵軍を攻撃するのが役割である。人工衛星を吹き飛ばせるほどの高火力レーザーを、こんなところに撃ち込まれたら…。

「っ…、駄目だ！　施設ごと、いや、山ごと吹き飛ばされる！」

「問題無し《ノープロブレム》。出力は最小限に絞り、発射と同時にシールドを展開させますから、マスターだけは確実に生き残ります」

「いや、問題ありすぎだよ。僕だけ生き残ったって何の意味も無い。僕は偽アグレッサーを止めたいだけなんだ」

「そうなのですか…？」

首を傾げる仕草は人間らしいが、パパはＡＩ、人工知能なのだ。人工知能は様々なケースを学習し、膨大なデータをより効果的に活用出来るようになっていく。完全体となって間も無いせいで、まだ学習が足りていないのだろう。

……その割には、僕の聞きたいことをきっちり理解してるみたいだけど……。

疑問に思う日秋だが、確かめている暇は無い。早く現実世界に戻り、烈を助けなければ。

「偽アグレッサーに埋め込まれたナノマシンを停止させて欲しい。制御プログラムのコードはＣｈａｉｎに近いはずだ。その後、すぐに僕を現実に戻してくれ。…出来るか？」

「可能です。ただちに停止コードを実行いたします」

すっと伸ばされたパパの手に、何本もの鎖が出現した。どんなに獰猛な獣でも捕縛してしまえそうなそれはカオスウェブの不気味な海に吸い込まれ、どこまでも伸びていく。

ぐっ、と何かを捕らえたような感覚が伝わってくると同時に、日秋の背後に白い扉が出現した。これをくぐれば、現実に戻れるのだろう。

「マスター、創造主から伝言がございます」

扉をくぐろうとしたら、パパがリボンでラッピングされた小さな箱を差し出してきた。いぶかしみながら開ければ、中に入っていたのは小さな星…に見える音声ファイルだ。ぼろぼろに破損している。昨日構築に失敗した重要ファイルとは、たぶんこれだろう。

星はすうっとパパの胸に吸い込まれた。すると人間らしかったパパの微笑みが、人間そのものに変化する。

日秋を見詰める優しい眼差し、これは……在りし日の俊克だ。

「『愛している、日秋。私の望みはお前の幸福だけだ』」

「…お、…父さ、ん……」

たったそれだけのメッセージを伝えるのに、父はどれほどの時間と労力をかけたのだろう。生体サーバーとして酷使されながら、残った最後の力の全てを日秋のために注ぎ込んでくれていた。

父の本当の遺産。無償の愛情が今、日秋を救おうとしている。

「……ありがとう、お父さん」

こみ上げてくるものを飲み下し、日秋は今度こそ扉をくぐった。

『ア、ア…、アアア、アアッ！』

現実に帰還したとたん、手負いの獣のような咆哮がとどろいた。一回り成長した腕を振り下ろそうとしていた偽アグレッサーが、その体勢のまま停止している。

いや、偽アグレッサーだけではない。バルタザールを取り囲むマスティフの群れも動きを止めていた。まるで見えない鎖にがんじがらめにされてしまったかのように。パパが実行した停止コードは、マスティフたちをも捕らえたのだ。

……良かった。すぐに戻れたみたいだ。

日秋はほっと胸を撫で下ろした。仮想空間は、現実とは時間の感覚が違う。日秋の感覚では五分以上はパパと話していたのだが、現実では数十秒程度しか経過していなかったらしい。

『な…んだ、これは…っ…』

ユリアンが初めて動揺を露わにし、声を張り上げる。

『動け！　アグレッサーを捕らえ、兄さんを殺せ！』

偽アグレッサーもマスティフたちも、ユリアンの命令に従おうと懸命に四肢を動かそうとする。…だが無駄だ。彼らを縛《いまし》める鎖の先端はカオスウェブのパパが握っている。日秋が命じない限り、解かれることは無い。

「日秋……！」

烈がこちらを振り向き、顔を輝かせる。この事態が日秋の仕業だと、烈だけが気付いたのだ。

日秋は頷き、短く命じた。

「偽アグレッサーを捕まえろ！」

「――おお！」

未だ残るダメージをものともせず、烈はぐっと握り込んだ拳を下から勢いよく突き上げた。偽アグレッサーは顎を捉えられ、砲弾のように吹き飛ぶと、天井に跳ね返って床へ叩き付けられる。

『……終わりだ！』

バルタザールがすかさずアタッシェケースから手枷と足枷を取り出し、偽アグレッサーに装着させた。偽アグレッサーは破壊しようともがくが、手枷も足枷もびくともしない。

『大人しくしておくんだな。それはシュバルツシルト特製の拘束具だ。ＤＮＡ改造されたキメラ猛獣でも引きちぎれない』

『グ…、ウウッ…』

偽アグレッサーが牙を剥き出しにして唸る間にも、烈はマスティフたちをぶちのめしていく。一頭、また一頭と手駒が減らされていくのを、ユリアンは無言で見詰めていた。新たな応援を呼ぼうともしない。

戦力が尽きたのか、それとも諦めたのか。…きっとどちらでもない。

何とも言いがたい不安が、日秋の胸の奥に渦巻いていた。残るはユリアン一人だけ。追い詰めたはずなのに、追い詰められてしまったような。

……あれは？

窓枠に留まる小さな鳥に、日秋の目は引き寄せられた。アマツバメだ。

偽アグレッサーと共に飛び込んできたのか？　…だとしたらおかしい。弐号は言っていた。アマツバメはまっすぐな足場には留まれず、岸壁にしがみ付くように留まる鳥なのだと。まっすぐな窓枠に平然と留まっているのなら、あれは。

「くっ……」

背筋に冷や汗が伝い落ちるのを感じながら、日秋は拳銃を撃った。だがアマツバメは日秋の行動を見通していたように飛び立ち、こちらに向かってくる。

『霜月!?』

『ミスター、あれを撃ち落として下さい！』

日秋の剣幕にただ事ではないと悟ったのか、バルタザールはアーマーコートに仕込んでいた拳銃でアマツバメを狙う。バルタザールの射撃の腕前は日秋より数段上だろう。

だがアマツバメはそれさえもひらりとかわした。敏捷《びんしょう》すぎる動きは、自然の生き物のものではない。あんな動きが出来るのは…。

ビィイイィッ！

ぱかっと二つに割れたアマツバメの胴体から銃口が現れ、レーザービームが発射された。

標的にされたのは日秋でも、バルタザールでも烈でもない。

『グァアッ……』

白い光に貫かれた偽アグレッサーの左胸から、鮮血が溢れた。小刻みに震える長身の下に、たちまち血だまりが広がっていく。

『軍事ロボットだったのか…！』

バルタザールが忌々しそうに唇を噛んだ。

人間の代わりに戦う軍事ロボットが紛争に導入されていたのは、数十年ほど前までのことだ。難民が溢れ、精密機械であるロボットの制作費用より人間の兵士の命の方が安くなった現代では、せいぜい要人警護くらいにしか活用されていない。

……このロボットが控えているから、ユリアンは応援を呼ばなかったのか？

いや、それはおかしい。このロボットがユリアンの警護用ロボットなら、偽アグレッサーが停止させられた時点で動いているはずだ。しかも日秋たちの誰でもなく、味方の偽アグレッサーを撃つなんて。

『…あ、…あア、…あ……』

混乱する思考は、苦しげな呻きにかき消された。偽アグレッサーが日秋に向かい、血まみれの手を伸ばしている。

呼ばれている気がして、日秋は偽アグレッサーの傍に膝をついた。烈が慌てて飛んでくる。

「日秋……っ……！」

「大丈夫だ。こいつはもう、何もしない」

正確には、何も出来ない。いくら人体強化用ナノマシンを投与されていても、脳や心臓に治癒しきれない傷を負えば死に至る。それは烈も同じことだ。

『……僕に、言いたいことがあるのか？』

問いかける声が偽アグレッサーに聞こえていたのかどうか、日秋にはわからない。だが偽アグレッサーは嬉しそうに微笑んだ。

『良かった……ここに居た。……お母さん……』

人知れず生み出され、烈の偽者として人生の全てを捧げさせられた子どもの、それが最期の言葉だった。一瞬だけ日秋の頰に触れた指先が力を失い、ぱたりと床に落ちる。

閉ざされた青灰色の瞳は、もう永遠に開かない。

「――――！」

心臓を抉られるような痛みと共に、日秋は理解した。

……自分のルーツ、だったのか。

両親と呼べる存在は居らず、人工子宮で育ち、名前すら与えられなかった子どもが、ユリアンに従ってまで欲していたのは。

生まれてすぐ投与されただろう人体強化用ナノマシンはパニッシュメントと同系列であり、それを制御するプログラムはＣｈａｉｎとほぼ同じものだ。日秋が停止コードを実行したため、Ｃｈａｉｎは現在稼働していない。

だがパニッシュメントを投与されていた弐号やアンバーたちは、Ｃｈａｉｎを造り出した俊克の実子である日秋に対し、未だ強い忠誠心と親愛の心を抱いてくれている。同じ現象が、偽アグレッサーにも起きていたのだとしたら…。

「…そん、…な…」

……そんなこと、あってたまるか……！

慟哭《どうこく》と、同じだけ強い憤怒が湧き起こる。

どんな形で生まれようと命は命だ。なのに、最期に縋ったのがこんなわずかなつながりだったなんて。…こんなわずかなつながりのために戦い、殺されていったなんて…！

「……テメェ、日秋を泣かせたな!?　もう許さねえ！」

烈が吼え、日秋は初めて自分が涙を流していることに気付いた。バルタザールが無言で銃口をユリアンに向ける。

偽アグレッサーを殺したロボット鳥は、その肩で平然と毛づくろいをしていた。

よくよく見ればボディは金属製だが、自然な動作は本物のアマツバメと見紛うばかりだ。搭載されたレーザービームといい、高い技術と費用を注ぎ込んで製作された一点ものに違いない。

『しょうがないだろ？　生きてインターポールの手に渡り、証拠品として押さえられたらたまらないからね。カイムはどのみち人工子宮から出れば急速に老化していく。このカイムの寿命はせいぜい、長くて残り一年あるかないかだ』

『何だと…!?』

驚愕する日秋たちの前で、息絶えた偽アグレッサーの骸は変化を始める。

若々しい青年から壮年へ、そして老人へ。まるで人の一生を数秒間に凝縮し、早送りするかのように。老いさらばえ、骨と皮だけになった肉体はさらさらと崩れ、灰と化して散らばっていく。

後に残されたのは、コンバットスーツとブーツだけだ。偽アグレッサーが確かに存在していた証拠は、何一つ残らなかった。…髪のひとふさすら。

『残念だったね、兄さん。地下の研究設備とデータは全て破却済みだから、ヒトクローン作製の証拠はもう掴めない。僕も本命を手に入れられなかったし、ここは痛み分けってところかな』

烈を一瞥し、ユリアンが肩をすくめる。バルタザールは凍り付いた表情の下に怒りを封じ込め、銃口をユリアンに向けた。

『ならばお前を捕らえ、証拠にするまでだ』

日秋も袖口で涙を拭い、拳銃を構える。烈はいつでも飛び出せるよう身構えた。物的証拠が失われても、ユリアンを捕縛し、証言を引き出せればアムリタの罪を追及出来る。

『――お楽しみのところ悪いけど、ユリアン。そろそろ時間だよ』

張り詰めた空気を破ったのは、ロボット鳥が発した声だった。

低く張りのある男性の声…おそらくロボット鳥を遠隔操作している人間のものだろう。魅力的なのに、聞いていると妙に不安を掻き立てられる。

『総帥…、ですが……』

『君のお兄さんならまだ生かしておいて構わない。興味深いデータをたくさんもらえたからね、そのお礼だよ』

ふわりと飛び立ったロボット鳥に、日秋たちの視線は釘付けになった。総帥――ということは、あのロボット鳥を操作しているのは…！

『アウグスティン、貴様ぁっ！』

バルタザールが素早く発砲する。だがロボット鳥は軽々と銃弾をかわし、窓辺に降り立った。悠々と空を飛び交っていたアマツバメたちが慌てた様子で飛び去っていく。

代わりに現れたのは、日秋たちが乗ってきたものに似たヘリだった。ババババババ、とすさまじいローター音をたてながら窓辺ぎりぎりに機体を寄せる。

開いたヘリの扉から、長い縄ばしごが室内に投げ込まれた。

『これまでだね、兄さん。その命、次に会った時こそもらうから』

『ユリアンっ……』

ユリアンはひらりと窓枠を乗り越え、縄ばしごに飛び移った。不安定な足場を軽やかに上り、ヘリに乗り込む。

ロボット鳥もユリアンを追って飛び出し、空中でくるりと振り返った。つぶらな瞳が日秋と烈を順繰りに捉え、人間のように細められる。

その瞬間、日秋には見えた気がした。石化した下半身を豪奢なベッドに横たえ、面白そうに微笑むアウグスティンの姿が。

『また会おう、『イレブン』、アグレッサー』

ロボット鳥の小さな機体は赤い光を発し、爆発した。

ユリアンを回収したヘリは窓辺を離れ、ぐんと高度を上げ始める。この距離では列の攻撃はおろか、拳銃の弾も届かない。届いたとして、頑丈な機体を撃ち落とすことは不可能だろう。…ただの銃弾では。

「……おっさん！」

烈が叫ぶと、バルタザールはアタッシェケースからずるりと巨大な兵器を引きずり出した。どう見てもアタッシェケースに収まるサイズではない。細長い槍にも似た砲身に装填されているのは、戦車の装甲すらぶち抜ける強力なロケット弾だ。

「ろ…、ロケットランチャー…!?」

「使え、アグレッサー!」

驚く日秋をよそに、バルタザールはロケットランチャーをぶんっと放り投げる。烈は器用に空中でキャッチし、左肩に担いだ。ヘリはすでに窓辺から百メートル以上離れてしまっている。

あのロケットランチャーには赤外線誘導装置が付いていない。命中するかどうかは、烈の腕前にかかっている。

「日秋を泣かせておいて、逃がすかよ!」

烈は窓枠に片脚をかけ、ロケットランチャーを発射する。拳銃など比べ物にならない反動にも、びくともしない。

ドォオォン……ッ!

爆音が轟き、日秋はとっさに耳をふさいだ。撃ち出されたロケット弾はすさまじい速さでヘリに追い付き、ローターの付け根に命中する。

主翼を失ったヘリは尾翼でもがきながら、どんどん高度を落としていく。あの下は木々の生い茂る森だ。墜落しても助かる可能性はある。

『こちらシュバルツシルト。ただちに出動せよ』

バルタザールが端末から控えの部下たちに命令する。

ほど無くインターポールの部隊がバルタザールの位置情報をもとに到着し、墜落したヘリとこの施設の捜索を始めるだろう。それがアムリタ打倒の第一歩になるかもしれない。

……でも、彼は生き返らない。

床に落ちたコンバットスーツを見詰め、嗚咽する日秋を、烈がそっと抱き締めてくれた。


インターポールの部隊が到着する前に、日秋と烈はイレクスタン軍のヘリで施設を脱出した。

バルタザールの計らいだ。本物のアグレッサーと『イレブン』がバルタザール以外のインターポール関係者に遭遇したら、面倒しか起こらない。ヘリと施設の捜索結果は、後日、バルタザールが報告してくれることになっている。

隠れ家にたどり着くや、烈はアンバーや弐号たちへの報告を買って出ると、日秋を問答無用で寝室に閉じ込めた。アンバーも弐号も止めなかったので、日秋はじっとベッドの端っこに座っている。

……何て一日だったんだろう。

まぶたを閉ざせば、濃密すぎる記憶が血の臭いと共によみがえる。爆殺された母娘、生きていたユリアン、父の遺したクラウドＡＩ、暗躍していたアウグスティン――灰となって散っていった偽アグレッサー。

「カイム……」

ユリアンにはそう呼ばれていたが、これは偽アグレッサー自身を示す名前ではない。人工子宮を出ても生き延びた、成功例のクローンを指す言葉だ。偽アグレッサー以外にも、そう呼ばれる者は存在するだろう。

…本当に、何も残らなかったのだ。彼が生きた痕跡は。

何度目かもわからない溜息をまた漏らした時、だだだだだ、と力強い足音が聞こえた。勢いよく開かれた扉から、烈が飛び込んでくる。

「今、俺以外の男の名前を呼んだだろ!?」

「……」

呆気に取られる日秋の隣にどすんと腰を下ろすと、烈は肩を抱き寄せてきた。子どものように高い体温が、冷え切っていた身体をじわじわ温めてくれる。

「…もう、報告は終わったのか？」

力の抜けた身体を逞しい肩にもたせかければ、烈は険しい表情をほんの少しだけ緩めた。

「だいたいな。あいつらはまだ聞きたいことがあったみてえだが、あんたが俺以外の男の名前を呼んだ気配がしたんで飛んで来た」

「どういう気配だよ…」

呆れつつも、日秋は笑ってしまう。濃密すぎる一日を過ごしたのは烈だって同じなのに、この男の頭の中はいつだって日秋一色なのだ。

「どういう気配って、むちゃくちゃ嫌な気配だよ。心臓が止まって、ついでに息も止まっちまいそうなくらいの」

「心臓も息も止まったら、死んじゃうんじゃないか？」

「そうだよ。俺はあんたが俺以外の奴の名前を呼ぶだけで死んじまうんだ。だから絶対呼ぶんじゃねえぞ」

烈がわざとらしく頬を膨らませてみせるので、日秋はまた吹き出した。そんなことで死ぬのなら、烈はもう数え切れないほど死んでいる。

「……ありがとう、烈」

「んっ？」

「僕を、慰めようとしてくれたんだろう？」

偽アグレッサーの死によって日秋が受けた心の傷に、烈は気付いている。だから日秋をさっさと休ませ、わざとおどけてみせたのだ。自分のクローンに心乱される日秋を見せ付けられるのは、不本意極まりないだろうに。

「…あの、さ。日秋」

「何だ？」

「その…、……ええと、……」

烈は青灰色の瞳をあちこち泳がせ、何かを言いかけては黙るのを何度もくり返す。思ったことはいつでもすぐ口に出す烈とも思えない。

やがて烈は、覚悟を決めたように切り出した。

「あいつは、……カイムは、幸せだったと思うぜ」

「…えっ？」

「羊野郎に利用されただけの一生だったと、あんたは思うかもしれねえ。でもあいつは最後の最後に欲しいものを手に入れて、あんたに看取られて眠れたんだから」

本当に…そうなのだろうか。だって日秋が偽アグレッサーと会ったのは、たったの二回だけだ。

「僕は彼に、何もしてあげていない。それなのに…？」

「会った回数なんて関係ねえだろ。俺はあんたを一目見た瞬間、ここをギャンって持って行かれたぞ」

烈は日秋の手を取り、己の左胸に導いた。薄い布地越しに力強い鼓動が伝わってくる。

「それから十年以上ずーっとお預けを喰らってたけど、あんたのお許しが出るまでいい子にしてただろ」

「いい子……？」

「つ、つまり、そういうことだよ」

横目で睨まれ、烈はこほん、と咳ばらいをする。

「あいつは幸せだった。今頃あの世でにこにこしてるに決まってる。俺が言うんだから間違いねえ」

「…そう、…だな。お前が言うならきっと…、…そうなんだろうな」

本当のところは偽アグレッサー本人にしかわからない。でも、そうであってくればいいと思う。アウグスティンの野望から生み出され、ユリアンに利用され続けた子どもの魂が安らかに眠れれば。

重苦しかった心がふっと軽くなる。微笑む日秋をじっと見詰めていた烈が小刻みに震え出したかと思えば、がばりと頭を抱えた。

「うわあああっ！　俺って奴は、俺って奴はぁ！」

「れ、烈？　どうした？」

「何であんな偽者野郎のフォローなんてしてやってるんだよ！　放っときゃいいのに、俺の馬鹿、馬鹿、馬鹿！」

とうとう横向きに倒れ、ベッドに頭をごんごん打ち付け始める。

烈にしてみれば、偽アグレッサーは満たされないまま死んでいった哀れな子どもで構わないのだ。日秋に看取られ、安らかな眠りについたと認めるのは、日秋のイヌとしても恋人としても不本意だったのかもしれない。

でも烈は、自分にしかわからない偽アグレッサーの胸中を明かしてくれた。日秋の心を少しでも軽くするために。

「……烈……」

とくん、と高鳴った胸から愛おしさが溢れ、日秋は烈に覆いかぶさった。真っ赤に染まった耳朶に、そっと唇を寄せる。

「好きだよ、烈」

「は…っ、…日秋…」

「お前は優しい。…優しいお前が好きだ。大好きだよ」

ううう、と唸っていたかと思えば、烈はゆっくりとあお向けになった。青灰色の瞳は歓喜と羞恥に染まっている。

「…本当に、優しいって思うか？」

「え？」

「ゆっくり休んで欲しいから、ってあんたをバスルームに送り込んでおいて、後ろから襲ってやろうと企んでいても？」

……そんなつもりだったのか。

少し引いてしまった日秋だが、後ろめたさに耐え切れず、うっかり白状してしまう烈を可愛いと思ってしまう。自分も相当疲れているのかもしれない。

「…何で、後ろから襲う必要があるんだ？」

日秋は烈の股間に手を伸ばした。コンバットスーツの下で、そこはすでに痛いほど張り詰めている。

きゅん、と蕾が疼いた。…日秋を求め猛り狂っている雄を、慰めてやりたい。熱い媚肉で包み込んで、たくさん精液をぶちまけさせてやりたい。

「お前は優しいんだから、僕をバスルームに連れて行って、洗ってくれるだろう？」

「…は、…は、はる、…あき」

「僕もお前を洗ってやりたい。すみずみまで、じっくりと……」

やんわりと握り込もうとした瞬間、日秋の身体は浮かび上がっていた。烈は日秋を横抱きにしたまま起き上がり、バスルームの扉を蹴り開ける。

脱衣所でおもむろに下ろされ、肌がじんわりと熱を帯びた。コンバットスーツやプロテクションアーマーを手早く外していく烈の瞳は、日秋にひたと据えられている。早く脱いで見せて欲しいと、無言で訴えている。

羞恥に震えながら、日秋はコンバットスーツを脱いでいった。烈はさっさと全裸になり、食い入るように日秋を見詰めている。その股間に反り勃つ、巨大すぎるものを隠そうともせずに。

「……あぁっ……！」

生まれたままの姿になったとたん、素早くひざまずいた烈が股間にむしゃぶりついてきた。日秋の腰を鷲掴みにし、勃ち上がりかけていた肉茎を咥え込む。

「やっ、ああ…っ、烈、…烈っ……」

日秋は反射的に引き剥がそうとするが、烈は喰らい付いて離れなかった。ねっとり絡み付く粘膜に扱かれ、先端のくびれを催促するように吸われれば、快楽を教え込まれた身体は逆らえない。

「あ……、……あぁぁ……っ！」

びくんびくんとわななく下肢をきつく抱き締め、烈は吐き出される蜜を貪欲に受け止める。震える尻たぶを割り、まだ閉ざされた蕾に指を忍ばせながら。

「…い…あ、あ、ああっ…」

入ってきた指が敏感な媚肉をなぞれば、尽きかけていたはずの蜜は鼓動と共に溢れ出し、烈を歓ばせる。ぴちゃ、ぴちゃ…と烈が美味そうに頭を上下させ、蜜を味わうのを、日秋はくずおれることも出来ずに見守るしかない。

「…ああ、日秋…あんたのこれはいつだって最高だ…」

一滴残らず吸い尽くした烈がようやく顔を上げ、萎えた肉茎を舐め上げる。烈の唾液でてらてらと光るそれは、自分のものとは思えないほどいやらしい。

「…洗ってくれるんじゃ…、なかった、のか…」

思わず抗議すれば、烈は悪びれもせず言い放つ。

「あんたがそんな美味そうなもん、ぶら下げてるから悪いんだろ。イヌなら喰い付くに決まってる」

「…な、…っ…」

「それに、あんたのためでもあるんだぜ？」

蕾に突き入れたままの指を、烈はぐちゅりとうごめかせた。日秋のいいところも弱いところも知り尽くした指先が、媚肉をねっとりと愛でる。

「あっ…、ああ、あんっ…」

「あんた、出すもの出し尽くして、俺に中出しされながら腹ん中だけでイくのが大好きだろ。だったらさっさとからっけつにしてやろうと思ったんだ。…俺は優しいからな」

「ひ、……あぁぁっ！」

二本に増やされた指が臍の裏側をぐりっと抉る。

たちまち勃起する肉茎から、日秋は真っ赤になった顔を逸らした。烈に抱かれるようになってからというもの、腹の中を刺激されるだけで蜜を噴き出す身体に造り替えられてしまっている。

「さあ、さっさと全部出しちまおうぜ。…俺も、そんなに待てねえからな」

ちらりと見下ろした烈の雄は限界までいきり狂い、血管を脈打たせている。いいイヌは精液を全部飼い主に注ぐものだと言って譲らない烈だから、今日はお預けを喰らっていた分まで日秋の中に出すつもりに違いない。

……また、いっぱいにされるんだ。

腹を精液で満たされて苦しいのに、ひり出すことも許されず、太い雄に栓をされたまま犯され続ける。苦痛と紙一重のすさまじい快感がよみがえり、日秋は尻に突き入れられた指を食み締めてしまう。

「っ…、日秋……」

ごくりと喉を鳴らし、烈は再び日秋の肉茎に喰らい付いた。衝撃で揺れた手が背後の洗面台をかすめる。

「…ねぇ…、烈…」

ふと思い立ち、洗面台に触れながら腰を揺らせば、賢い烈は日秋の意図をすぐ察してくれた。いったん離れ、日秋を洗面台の縁に座らせる。

日秋が両手をつき、自ら両脚を広げてやると、青灰色の双眸が燃え上がった。垂れたよだれを舐め取り、烈は勢いよく日秋の股間に顔を埋める。

「あぁ、…んっ…！」

熱い粘膜に包まれ、日秋はのけ反った。自分で広げていられなくなった脚を、烈が抱え込むように押し広げてくれる。

「…ぁん、…あ、ああ、んっ…」

肉茎を絞られ、喘ぐたびに反らした胸の頂がじくじくと疼く。

まだ一度も触れられていないのに、日秋の乳首はどちらもつんと尖り、愛撫を待ちわびるように震えていた。こんな時、いつもなら烈がすかさずしゃぶってくれるのだが。

「あんっ…、烈、…烈ぅ…っ…」

咥え込まれた肉茎も、広げられた脚も、早く貫かれたくて揺れる尻も、どこもかしこも熱い。烈の太く逞しい首に脚を絡めれば、肉茎を扱きたてる舌の動きはますます激しくなる。

……早く、早く。

熱望しているのはきっと日秋だけではない。

……早く全部搾り取って。代わりにお前で僕を満たして。

「あ…あ、あ、あぁ……！」

嚢《ふくろ》ごと強く吸い上げられ、堪えきれずにつむった瞼《まぶた》の奥で無数の光が弾ける。

ごくりと嚥下の音が聞こえ、日秋は自分が達したのだとようやく悟った。立て続けに絶頂へ押し上げられた身体はもう力が入らない。

「日秋……」

ぐったりとくずおれそうになったところを、烈がすかさず受け止めてくれた。そのまま抱き上げ、バスルームへ連れて行ってくれる…のかと思ったら、耳元に熱い唇が寄せられる。

「…しっかり俺に掴まってろ」

切羽詰まった囁きに、日秋はとっさに烈の首筋に縋り付く。すると洗面台から下肢をずるりと引き落とされ、尻のあわいに熱い先端が潜り込んできた。

……まさか。

「…っ、烈、……あぁ…っ…！」

指よりも太いものを欲していた蕾は限界まで口を開け、強引に割り開こうとする先端を受け容れた。みち、みちちっ、と肉の軋む音が聞こえる。

日秋自身の体重も加わり、雄は一気に根元まで媚肉に埋もれた。串刺しだ。不安定な体勢が怖くて両脚を逞しい腰に絡めると、ぶるり、と烈は背中を震わせる。

「…日秋っ…」

「は…、あ、ああ、ぁ……」

期待に打ち震える媚肉に、大量の精液が降り注いだ。この二日ほど我慢させていたせいか、射精はなかなか終わらず、空っぽだった腹の中をたちまちいっぱいにしていく。

「…ぎりぎり…、だったな…」

まだびゅうびゅうと精液を出し続ける雄で最奥をこじ開けながら、烈は日秋の耳朶を噛んだ。日秋の全体重を軽々と支え、腰を力強く律動させる。けた外れの膂力と体力が、今さらながらそら恐ろしい。

「あんたがあんまりエロくて可愛いから、うっかり暴発しちまうとこだった。俺の精液は全部、あんたの中に出さなきゃならないのに」

「…う…ぁ、あ、あっ…」

「なあ、俺、えらいだろ？」

誉めてくれるよな？　と聞かれても、最奥のさらに奥へ続く小さな入り口に大きすぎる先端をねじ込まれようとしていては、ろくにしゃべることすら出来ない。

その代わりのように、執拗に突きまくられていた小さな入り口はとうとう屈し、先端を迎え入れた。烈しか入れないところに巨大な熱杭が打ち込まれ、精液でぐしょぐしょに濡らされる。何度味わっても慣れない感覚が、日秋を快楽の渦に巻き込んでいく。

「……うぁ、あああっ……」

「ああ…日秋、俺のこと、誉めてくれるんだな…すっげえ気持ちいい…」

感激した烈が腰を大きくたわませ、ずちゅんっ、と一気に突き上げる。

……振り落とされる！

日秋が慌てて縋り付く腕に力をこめると、烈は耳元で笑った。

「俺があんたを振り落としたりするわけねえだろ。あんたが離れようとしたって、コレはあんたに喰い付いて離れねえよ」

「や…っ、あ、あんっ、奥、奥駄目、駄目ぇっ…」

ようやく射精が収まったばかりなのに、媚肉に包まれた雄は逞しさを失わぬまま、奥をねちゅねちゅと犯す。

その先端は小刻みに震えていた。次の射精が近い証だ。烈を可愛がるためだけに存在するのだと教えられたそこに、また大量の精液をぶっかけられてしまったら…。

「…俺だけしか考えられなくなっちまえばいい」

「あぁ、…あんっ、烈、…っ…」

「俺だけでいいだろ？　あんたのイヌは…」

囁きには欲情と、隠し切れない恐怖が滲んでいる。偽アグレッサーに日秋を奪われるかもしれないと、ずっと怖れていたのか。

大胆不敵で誰よりも強いくせに、誰よりも繊細で傷付きやすい日秋のイヌ。

「烈、…だけ、だよ」

日秋は烈の首筋に口付けた。強く吸い上げ、紅い痕を刻んでやる。どくん、と腹の中の雄が大きく脈打つ。

「僕は、烈がいい。…烈だけがいいんだ」

他の誰も要らない。誰も烈の代わりにはなれない。

すさまじい圧迫感のせいで声に出来ない思いは、ちゃんと伝わったようだ。背中に回された腕が、骨が軋むほど強く抱きすくめてくる。

「…あんただけだ。あんただけが好きだ、日秋。愛してる」

「ん…っ、僕、…も、…烈…、……あぁっ！」

ゆさ、と揺すり上げられた瞬間、我慢しきれなくなった雄が二度目の精を放つ。

一度目と同じ、いや、一度目より大量の精液に容赦無く媚肉を叩かれ、日秋もまた絶頂を駆け上った。

「あ、……あっ、……あぁ、あ……」

烈の腹筋に押し潰された肉茎がぶるぶると震える。媚肉が蠕動《ぜんどう》しながら雄をきつく締め上げた。はぁ…、と悦楽の息を吐き、烈は日秋の耳朶を舐め上げる。

「…すげえ締まった…。やっぱあんた、中出しされながら中イキするの好きだよな…」

「や…ぁ…っ、あ、あんっ…」

「安心しろよ。まだ、こんなもんじゃねえから…何度だって、イかせてやるから…」

尻たぶと密着した烈の陰嚢は熱く、ふてぶてしいくらいずっしりと実っている。二度や三度ではとうてい満足出来まい。

これが空っぽになるまで注がれ続けるのだと思うと、恐怖と同じだけの期待で雄を食み締めてしまう。もっとたくさん出してとねだるように。

「…日秋…っ、もう、我慢出来ねぇ…！」

ぐる、と獣めいた唸り声を漏らし、烈はバスルームの扉を器用に足で開けた。イレクスタンのバスルームはシャワーしか無いタイプが主流だが、烈が日秋のために改造したため、ここのバスルームには日本と同じくバスタブが設置されている。

大人二人がゆったり脚を伸ばして入れるそれには目もくれず、烈はシャワーの横の壁に日秋の背をもたれさせた。両脚を抱え上げられ、中を抉られる角度が変わる。

「ああっ……」

二回分の精液が、ぐちゅん、と腹の中で媚肉に絡み付く音がした。烈にも聞こえたのだろう。充溢した雄はますます猛り狂い、柔な最奥の媚肉を執拗に突きまくる。

「日秋、日秋、日秋っ…」

「あ、あっ、烈、烈…」

「あんた、何でこんなにエロくて可愛いんだよ…何度ヤっても足りねえ…っ…」

「ひ…っ、い、いや、…あぁぁ…っ！」

これ以上は無理だと思っていたさらに先へ先端が潜り込む。

本能的な恐怖を覚えて身じろげば、両脚をがっちり抱え込まれ、結合はいっそう深くなった。日秋がどんなにあがいても解けないだろう。烈が許してくれない限り。

「…日秋…、好きだ、好きだ好きだ好きだ、日秋っ…」

「あ、あ、あんっ、は…ぁっ、ん…」

「早く、俺だけでいっぱいになってくれよ。俺の精液で腹を膨れさせて…、俺だけの匂いをまき散らしてくれ…っ…」

……ああ、これは無理だ。

日秋だけを映し、ぎらぎらと光る青灰色の瞳に、諦念とも歓喜ともつかぬ思いが湧き起こった。

今日はもう絶対に放してもらえない。日秋が泣いても叫んでも気を失っても、このイヌは日秋を犯し続ける。宣言通り、日秋の腹が自分の精液で膨れ上がるまで。

寒気にも似た愉悦が首筋を震わせる。

「…いい、よ…」

日秋は烈の耳に唇を寄せ、ちゅっと口付けた。ずぷぷ、とまた雄が奥にめり込む。下肢が烈と溶け合ってしまったかのようだ。

「烈も、…僕だけでいっぱいになって、くれるなら…、いっぱいに、なってあげる…」

「あ、……ああ、あああああ、くそぉっ！」

烈は絶叫し、いったん引いた腰を勢いよく打ち付けた。

肉と肉のぶつかる音が響き、烈の形に拡げられていた媚肉がまた一気に嵌まり込む。泡立った精液が熱した切っ先に押し上げられ、最奥をたぷたぷに満たした。

触れ合った肌はぐんぐん体温を増し、バスタブの湯気で温められた空気が冷たく感じるようになっていく。

「何だよあんた、本当に何なんだよ…！」

「烈…、あ、熱…っ、熱い…」

「もうとっくにあんたでいっぱいなんだよ、俺は。あんたのことしか考えられねえのに、あんたを抱いてるとますます欲しくてたまらなくなる。きりが無い…！」

「あ、あ、あぁ――……っ！」

どっくん、と腹の奥で雄が大きく脈動した。

……ああ、来る。また、いっぱいにしてもらえる。

上の口もいっぱいにして欲しくて、日秋はうっすらと唇を開いた。烈が日秋の望みに気付かないわけがない。すぐさま唇をふさがれ、熱い舌が侵入してくる。

「――……！」

待ちわびていた舌をからめとられるのと同時に、ぶしゃあっと最奥に灼熱の奔流が叩き付けられた。

　これで三度目だが、今までで一番大量だと思う。だってごんごんと切っ先に抉られる媚肉が、内側から少しずつ押し広げられていくのを感じるから。

「ん、う、うう、う……っ……」

　びくんびくんと震える日秋をきつく抱きすくめる烈は、きっと愉しんでいる。ふさがれた唇から漏れる嬌声も、膨れていく腹の感触も、従順に蹂躙される口内も。もちろん日秋も、三度も達しておいてまるきり衰えない雄の逞しさを堪能しているけれど。

「…あ…っ……」

　ぬるりと透明な糸を引きながら離れていく舌を、日秋は思わず追いかけようとした。もっと可愛がって欲しいと眼差しでねだれば、烈は愛おしそうに頬へ口付ける。

「後で好きなだけやるから、今は我慢してくれ」

「でも…、烈……」

「せっかく風呂に入ったんだ。あんたを綺麗に洗ってやらなきゃならないだろ？」

　烈は日秋を抱き上げ、つながったままバスチェアに腰を下ろした。ずりゅりゅ、と硬い切っ先がとろとろに蕩けた媚肉をなぞり上げる。

「ひあぁ、あっ……」

「すぐ、綺麗にしてやるからな…」

　ボディソープを手に取り、烈は日秋の淡く染まった胸に塗り広げる。さっきから尖って疼き続けている乳首には、特に念入りに。

「あ、あぁ、あっ、あ…、そこ、やぁ…っ…」

「ああ、ここは大事なところだから、しっかり洗っておかねえとな」

　ボディソープでぬるぬると滑る指が先端の肉粒を押し潰し、敏感な朱鷺《とき》色の皮膚をいやらしくまさぐっていく。指先に挟まれた肉粒をぴんと弾かれ、電流のような快感が駆け巡った。

「……あ、…あぁぁっ！」

　緩く勃起した肉茎から、絶頂の波が全身に広がっていった。思わず反らした胸に、烈はたまらなくなったようにかぶり付く。

「あ、あぁ…んっ、ああ、…っ…」

　夢中で乳首を吸う烈の頭を、日秋はぎゅっと抱き締める。乳をやる母親にでもなった気分だが、蕾と媚肉は貪欲にうねり、雄を絞り上げている。四度目の射精はどれほど長く、どれほど大量の精液をくれるのだろう。

「…これで、綺麗になったな」

　烈がゆっくりと顔を上げ、乳首を舐め上げる。唾液まみれでぬらぬらと光り、恥ずかしいくらい腫れたそこは、青灰色の瞳にはこれ以上無いほど美しく見えているのだろう。

が入らない。

肉粒に柔く歯を立てられ、広げさせられた両脚の爪先がけいれんする。腕にも脚にも力

日秋が自ら差し出したもう片方の乳首に、烈はしゃぶり付いた。

「ああ。…もちろん、こっちも綺麗にしてやらなきゃな」

「烈、…お願い…」

でも、離れる心配は無い。太く長い肉の楔《くさび》が、日秋を貫いているから。

「あぁぁっ…、れ、つ…、烈、烈ぅっ…」

すぐにまた新たな絶頂の波が打ち寄せてきて、日秋は烈の頭を抱き締めた。ふさがった唇の代わりに、腹の中の雄がぐっと最奥を押し広げる。子どもの拳ほどもある先端を銜えさせられ続けたそこは、もうすっかり烈のための居場所になりつつある。

「れ、…つ、……う、あ、……あっ！」

絶頂の瞬間、日秋は抱き締める腕にぐっと力をこめた。そうでもしなければ、流されてしまいそうで。最奥に注がれる精液にも、身の内を焼く快楽にも。

……あ、あ……、すごい、いっぱい……。

媚肉を叩く、いや殴るような勢いの射精に、日秋は酔いしれた。すでに三回も出しているなんて信じられない。日秋が女性なら、とっくに孕まされている。

ごぽ、ごぽぽ、と腹の中から粘ついた水音がした。中に出された精液が混じり合い、泡

立つ音だ。

　きっと烈にも聞こえたのだろう。長い射精を終え、むくりと上げられた烈の顔は、悦楽と歓喜に染まっていた。

「日秋…、あんた、天使だったんだな…」

「…ぁ…っ、烈…?」

「あんたにぎゅってしてもらって、あんたのおっぱい吸って、あんたの中にいっぱい出して、あんたもイってくれて…。俺、天国に、連れてかれるかと思った…」

　烈は冗談など言っていない。…本気だ。本気で日秋が天使だと信じている。尻を犯され、中に出されて歓ぶ天使なんて存在しないだろうに。

　……そう指摘したら、俺の天使は歓ぶんだよ、って言うんだろうな。

　ありありと想像出来てしまい、日秋はくすっと笑った。艶めいた笑みに見惚れる烈の頬に、自分のそれを擦り寄せる。

「だったら、烈も天使だな」

「…あ、ああ、日秋…」

「だってさっき、僕も天国に連れて行かれるかと思ったから」

「あ、あああ、…ああ、……日秋！　愛してる、日秋！」

　雄叫びがバスルームにこだまする。熱い唇をぶつけられ、日秋は従順に口を開いた。重なり合う唇も、無遠慮に入ってくる分厚い舌も、全てが可愛い。愛おしい。

「んっ、んぅっ…、う…っ…」

舌ごと貪り喰われてしまいそうな口付けを必死に受け止める。

烈は蕩けた青灰色の瞳をちらりと横に流すと、ボディソープのボトルをたぐり寄せた。片手で器用にボディソープを受け止め、日秋の胸に塗り広げる。

また可愛がってもらえるのか。期待に乳首を疼かせると、烈はまたボディソープを手に取り、今度は自分の胸に塗りたくる。

可愛いイヌが何を望んでいるのかなんて、燃え盛る青灰色の瞳を見れば言われるまでもない。日秋は首筋に縋っていた腕を広く逞しい背中に回した。互いの胸がぴったりと密着する。正直言って恥ずかしいし、怖いけれど。

……でも、烈の望みなら叶えてやりたい。

砕けそうな腰をのろのろと持ち上げ、落とす。

何度もくり返すうちに、ぎこちない動きはだんだんなめらかになっていった。重なり合った胸がボディソープのぬめりでぬるぬると滑る。互いの乳首が擦れ合い、押し潰され、こね回されるのがたまらなく気持ちいい。

烈も同じ快楽を貪っているのだろう。より密着するよう日秋の背を抱き締め、腰を揺らしてくれる。垂れてきたボディソープが肉茎に纏わり付き、烈の腹筋に擦れるのがたまらなく気持ちいい。

「…う…っ、ふ、…ん…っ…」

大きく腰を上げた弾みで雄がずるりと半分ほど抜けてしまい、腹に溜まった精液がこぼれそうになった。慌てて腰を落とせば、烈は唇を離し、口付けの名残を宿す熱い吐息を吹きかける。

「…俺のがこぼれちまうのが、嫌だったのか？」

「ん…、…っ…」

「大丈夫だ。こぼれたってまたいくらでも出してやる。……な？　わかるだろ？」

腹の中の雄が力強く脈打つ。

きっと日秋の媚肉に包まれ、かつてないくらい雄々しく猛っているのだろう。何度でも、日秋の中を満たしてくれるに違いない。

でも。

「…せっかくお前がくれたのに…、一滴もこぼしたくない…」

「日秋…」

「全部、僕のものにしたい。お前は僕のイヌで、恋人なんだから…」

「日秋、……ああ、……ああああああああっ！」

烈は咆哮し、つながったまま日秋をバスルームの床に押し倒した。冷たいタイルは日秋の体温を吸い、すぐに温かくなる。

……獣、だ。

ぎらつく青灰色の双眸に見下ろされ、日秋はぞくりと背を震わせた。これからは獣の晩餐の時間だ。捕らわれた日秋は獣が満足するまで貪られ続ける。

――実際、その通りになったのだろう。

そこから先の記憶はどろどろに混濁し、途切れ途切れにしか残っていない。いつ、気絶するように眠りに落ちたのかも覚えていない。

だから、現実かどうかもわからないのだ。

つながったままバスタブに浸からされ、腹の中を熱い精液に満たされていたせいで、湯を冷たく感じたことも。

『ん……っ、ふ、……あぁっ……』

四つん這いになり、烈の眼前にさらした蕾から、溜め込まされた精液をひり出させられたことも。

『あぁ日秋…、あんたは最高だ。最高にエロくて可愛くて綺麗な、俺のご主人様だ…』

白く汚れた蕾に、烈が愛おしそうに口付けたことも。

中央ヨーロッパに位置するエーデルシュタイン公国の首都、グライフ。

人々が『黄金の宮殿』と呼び、元首エーデルシュタイン公爵の住まう王城よりも豪奢な邸の一室で、邸の主人——アウグスティン・ローゼンミュラーは目を覚ました。しんと静まり返った室内に、ベッドを囲む医療機器のかすかな駆動音だけが響いている。

『いい、構うな』

二十四時間交代で付き添っている看護師が近寄ってこようとするのを、アウグスティンは手を振って制した。そのまま手をかざす。今はまだなめらかに動かせるが、いずれこの手も冷たい石と化すのだろう。ブランケットに覆われた下肢と同じように。

避けられないその日を想像するたび、アウグスティンの心は暗雲に覆われる。だが今日は分厚い雲の切れ間からまぶしい太陽が覗いていた。その名は。

『アグレッサー……』

ロボット鳥のカメラ越しに見えた本物のアグレッサーの勇姿は、鬱々とした気持ちを吹き飛ばしてくれた。ユリアンの造り出したカイムもなかなかの出来だったが、やはり本物とは比べ物にならない。

あの強靭な肉体、試作段階だった肉体強化用ナノマシンに完璧に適合した遺伝子。手に入れるべきはあの男だ。可能なら飼い主——『イレブン』も一緒に。最愛の飼い主さえ捕らえておけば、アグレッサーはアウグスティンに服従せざるを得なくなる。

……それに、『イレブン』にもちゃんと使い道はある。

アグレッサーたちがあんなにも早く真実にたどり着いたのは、『イレブン』の卓越したスキルがあってこそだ。始末しても構わないと思っていたが、カイムや改造犬たちさえ瞬時に止めてみせたあの腕前は、アムリタのために活用させるべきだろう。

幼いアグレッサーを取り逃がしてしまったことは、アウグスティンにとってもアムリタにとっても痛恨のミスだった。だが十年以上もの間、アグレッサーのポテンシャルについてデータを取れたと思えばむしろ得をしたのかもしれない。

アウグスティンがヒトのクローン研究を始めたのは、アグレッサーと同等の能力を持つ兵士を造り出すためだった。ユリアンもそう思っているだろうし、実際その通りだ。

しかしアグレッサーの能力を見せ付けられるうちに、一つの希望が生じた。

もしも完璧な烈のクローン——カイムのように短命ではなく、人工子宮を出ても健康を保てる完成体を造り出せたのなら、それこそがアウグスティンの新たな肉体となるのではないかと。

アムリタを創設した当初、アウグスティンはメドゥサ病を治癒出来る医療用ナノマシンを造り上げるつもりだった。だが病は由来となった蛇頭の化け物のように手強く、石化の速度を少し下げるのが精いっぱいだ。

だからアウグスティンは別の道を考えるようになった。病に侵されたこの肉体は諦め、別の肉体に移り住めばいいのではないかと。

最初は自分の細胞を使い、アウグスティン自身のクローン体を造る計画だった。だがメドゥサ病は遺伝性疾患だ。クローン体もまたメドゥサ病を発症する可能性が否めない。

けれど、アグレッサーなら…試作段階の肉体強化用ナノマシンにすら適合してみせたあの肉体ならいかなる病とも縁が無いばかりか、アウグスティンが新たに造り上げたノノマシンも受け容れるだろう。

そう、この肉体から切り離され、生体サーバー化したアウグスティンの頭脳を中継するナノマシン……転生用ナノマシンを。

まず最初はアグレッサーのクローンで試す。上手くアウグスティンの頭脳がクローンの肉体を乗っ取れたなら、次はアグレッサー自身の肉体に移り住めばいい。アウグスティンの知性にアグレッサーの身体能力が加われば、向かうところ敵無しだろう。

……あの男が私の目的を知れば、きっと怒り狂うのだろうな。

同じ寄宿学校に通っていた先輩、今はインターポール捜査官となったバルタザールの顔が思い浮かぶ。ユリアンの本性を知ったバルタザールは、今まで以上の熱意でアムリタを追い詰めにかかるだろう。

だが、アウグスティンも負ける気は無い。持てる力の全てを注ぎ込み、逃げきってみせる。石化の速度は年々増している。あまり時間は残されていないのだから。

『外見が同じなら、中身が変わろうと同じモノでしょう？　性能が格段に上がっているのに、何の問題があるのですか？』

かつてバルタザールに言い放った台詞《せりふ》を口にしてみる。自信に満ち、将来の不安など無かった少年の日々。

早くベッドから解放され、あの頃の自信と自由を取り戻したい。

そのためなら、アウグスティンはどんなことでもする覚悟だった。

山中の施設に潜入した二日後、バルタザールが隠れ家を訪れた。その前日にも訪問したそうなのだが、日秋が眠ったまま起きる気配も無かったため、日を改めたという。

応接間で向かい合い、日秋は頭を下げた。

「ご足労をかけてしまい、申し訳ありませんでした。…ほら、烈も」

「……」

「烈？」

「……、……すまねえ」

烈も不承不承、壊れたロボットのようにぎこちなく頭を下げる。日秋が丸一日眠り続けたのは間違い無くこの男がやりたい放題やったせいなのに、何て態度だろう。

「謝罪には及ばない。間を置くべきなのに、気が逸って早々に押しかけたのはこちらなのだから」

今日もあの謎のアタッシェケースを足元に置いたバルタザールは、気を悪くするでもなく首を振る。おや、と日秋は思った。今までよりバルタザールの纏う空気が柔らかくなった気がする。弱々しいのではなく、迷いを吹っ切ったような。

「そう言って頂けるとありがたいです。それで、いらして下さったのは――調査結果の報告のためですよね？」

「そうだ。…それと、提案のためだな」

「提案？」

「ああ。まずは報告からさせてもらおう。――結論から言えば、ユリアンは発見されなかった」

　バルタザールはアタッシェケースからタブレット型端末を取り出し、テーブルに置いた。正しい用途に使われているはずなのに、武器以外のものが出て来ると微妙な違和感を覚えてしまう。

　バルタザールが操作すると、端末の画面に墜落したヘリの映像が映し出された。周囲の木々が何本もへし折られている。ユリアンが乗り込んだヘリだろう。木がクッションになったのか、機体の損傷は酷くない。

「我々はヘリが墜落した約二時間後、この現場にたどり着いた。ヘリの中にあったのはパイロットの死体だけだ」

　スライドして現れた死体の写真に、日秋と烈は息を呑んだ。操縦席にうつ伏せになった死体の眉間には、銃弾の痕がくっきり刻まれている。

「解剖の結果、銃創には生活反応が認められた。つまりパイロットは墜落した時点では生きており、その後撃ち殺されたということだ」

「…撃ったのは、ユリアンでしょうか」

「おそらくは」

パイロットは両脚を骨折していたという。こちらにも生活反応があったそうだから、墜落の衝撃で骨折してしまい、自力で歩けなくなったパイロットを、足手まといになると判断したユリアンが殺害したのだろう。置き去りにされたパイロットがインターポールに捕らえられた時に備え、口封じも兼ねて。

「肝心の羊野郎はどうなったんだ？」

烈の問いに、バルタザールは眉宇を曇らせた。

「徹底的に山狩りを行ったが、ユリアンも、死体の一部も発見されなかった。最悪の事態に備え、あらかじめ山中に脱出用の部隊を待機させておいたのだろう」

「ってことは、あいつはまだ生きてるってわけか。良かったな、おっさん」

「何……？」

あっけらかんと告げられ、バルタザールは困惑している。

生き延びたユリアンはアウグスティンのもとに戻り、これからもヒトのクローン研究を続けるだろう。ユリアンの生存によって、最も危険にさらされるのは烈…オリジナルのアグレッサーなのに。

でも、日秋には烈の気持ちがわかる気がした。どんな形でも、生きてさえいてくれればきっと。

「生きてさえいれば、また会ってぶん殴ってやれるだろ」

「……、……アグレッサー……」

にっと笑う烈から、バルタザールはたまりかねたように視線を逸らした。戸惑う烈の手を、日秋はそっと握る。…やはり烈は根っこのところが明るく、優しい。その優しさが好きなのだと、思いをこめて。

「…そう、だな。生きてさえいれば、また…」

バルタザールは噛み締めるように呟く。

愛する異母弟の死の真相を突き止めるためインターポール捜査官にまでなったのに、その異母弟こそが事件の黒幕であり、アウグスティンの信奉者だった。バルタザールの思いはことごとく通じていなかった。日秋ならきっと失意のどん底に沈んでしまう。

だが俊克と違い、ユリアンはまだ生きている。バルタザールならいつか必ずまたユリアンを追い詰め、対峙するだろう。兄と弟として――捜査官と被疑者として。

「…次に、我々が突入した研究施設だが」

こほんと咳払いし、バルタザールは報告を再開した。タブレット端末に表示されたのは、日秋たちが潜入したあの施設だ。だが真新しかった建物のところどころが崩れ、焼け焦げてしまっている。

「ヘリの残骸を発見したのと同時刻に地下で爆発が起きた。地上部分は操作可能なエリアも残されていたが、地下部分は壊滅状態だ」

自ら撤収作業をするためにやって来たのだと、ユリアンは言っていた。ユリアンが時限式の爆弾を仕掛けておいたのだろう。

つまり、ヒトのクローン研究は地下で行われていたのだ。偽アグレッサーを生み出した人工子宮もそこにあった。だが全ては爆弾に吹き飛ばされ、証拠となりうるものは残っていまい。アムリタの罪を追及するのは不可能だ。

……全部、無駄だったのか。

人質のふりをさせられていた難民の母娘。人工子宮によって生み出されたクローンたち。…偽アグレッサー。ユリアンに利用され、死んでいった存在を思うと胸が痛む。

「…、…烈…」

ふいに手を握られ、顔を上げれば、烈がじっとこちらを見詰めていた。いたわりの滲む瞳に、胸の痛みは癒やされていく。頭の奥にかかっていた霧が晴れる。

「……そうだったな、烈。僕たちのやってきたことが無駄になるかどうかは、これからの僕たちにかかっているんだ」

「ああ、日秋。俺と日秋と……ついでにアンバーと弐号どもなら、絶対にアムリタをぶち壊せるはずだ」

自分も、と主張するように腕時計型端末が振動する。

亡き父が遺してくれた、本当の遺産。クラウドＡＩのパパはこれから先、日秋たちの大きな助けになってくれるに違いない。…少々規格外すぎる性能と、真っ先に物騒な手段を取ろうとする傾向に関しては、追い追い修正を加えていかなければならないだろうけれど。

「――霜月、アグレッサー」

微笑み合う二人をじっと見詰めていたバルタザールが、おもむろに口を開いた。青い瞳は、強い決意の光に輝いている。

「提案がある。…この俺も、君たちの仲間に加えてくれないか」

「…え、…ええっ？」

「おっさん、……とうとう脳味噌までそのアタッシェケースに吸い込まれちまったのか？」

失礼極まりない台詞を口走る烈の頭を、日秋は上の空でぺちんと叩いた。いてえ、と嬉しそうな悲鳴を上げつつも、烈も驚いているようだ。

施設に潜入する前、バルタザールは言っていた。自分の考えが正しいかどうか見定めるため、協力させて欲しいと。互いに情報や戦力を提供し合うのならまだしも、仮にもインターポール捜査官の身でありながら、『イレブン』とアグレッサーの仲間になりたいだなんて言い出すとは思わなかった。

「俺は正気だ。君たちの仲間になりたいと、本気で言っている」

バルタザールの真摯な表情に偽りがひそんでいるようには見えないが、あっさりと納得するわけにはいかない。

「ですがミスターは、烈を…アグレッサーを、アムリタ打倒のため矢面に立たせるべきだと考えていらっしゃるんですよね？」

バルタザール個人について、日秋は当初のような反感を抱いてはいない。見た目に反して情の深いところや、懐に入れた人間を徹底的に庇護するところは、むしろ好ましく感じている。きっと烈もそうだろう。

だが、どんなに素晴らしい人格の主でも、烈を見世物にしようとする人間とは手を組めない。

日秋の胸の内を見通しているのか、バルタザールは物憂げな溜息を吐いた。

「俺はユリアンの死の真相を解明し、アムリタを打倒することこそ正義だと信じていた。それがアムリタの犠牲になった人々に対する救済にもなると。…しかし俺は正義でも善でもないのだと思い知らされた。他でもない、ユリアンによってな」

「ミスター…」

「ユリアンは償いようの無い罪を犯した。アグレッサーを矢面に立たせるのではなく、ユリアンを…ひいてはアウグスティンを捕らえ、アムリタの罪状を白日の下にさらす。そのために君たちの仲間になりたい。それが俺の、バルタザール・ディートフリート・シュバルツシルトの偽らざる本音だ」

そしてバルタザールが兄としてユリアンにかけられる最後の情けであり、覚悟でもあるのだろう。

妾腹とはいえ、ユリアンはシュバルツシルト家の子息として公に認められた身だ。そのユリアンが禁じられたヒトのクローン作製に手を染め、数多の命を犠牲にしてきたと知れ渡ったら、シュバルツシルト家の受けるダメージは計り知れない。バルタザールも激しいバッシングを受けることになるだろう。

……強い人だな。

ユリアンは死人のままにしておく方が、バルタザールにもシュバルツシルト家にも都合が良かったはずだ。だがバルタザールは敢えて茨の道を選んだ。今度こそユリアンと向き合うために。

「烈……」

「あんたの思う通りに。俺はあんたのイヌだ。あんたの意志にだけ従う」

青灰色の瞳を優しく細め、烈は日秋の手に指を絡めてくれる。薬指に嵌めた指輪の輝きが、日秋に勇気を与える。…信じる勇気を。

「ミスター……いえ、バルタザール」

日秋は烈と共に立ち上がり、もう一方の手をバルタザールに差し出した。碧眼が大きく見開かれる。

「こちらこそお願いします。僕たちの仲間になって下さい」

「──感謝する。我が持てる力の全てを尽くすと誓おう」

バルタザールは破顔して立ち上がり、日秋と固く握手を交わした。


バルタザールが仲間に加わってから三日目の夜。

烈は日秋と共に寝室のベッドに横たわっていた。ここで夜を過ごすのも今日が最後だ。明日にはこの隠れ家を引き払い、日本に戻る予定である。偽アグレッサーの一件に片が付いた以上、イレクスタンに留まる理由は無い。

「日秋、……日秋……」

何度耳元で囁いても、日秋は目覚めない。バスルームでのまぐわいに疲れ果ててしまったようだ。

施設に潜入したあの日、最高にエロくて可愛い媚態を見せ付けられてからというもの、バスルームに連れ込んでまぐわうのがすっかり癖になってしまっている。最初こそ嫌がっても、反り返った烈の雄に自ら跨ってくれるのだから、日秋も満更ではないのだろう。

『あまりマスターに無理をさせないで下さいね』

アンバーに呆れ切った様子で警告され、弐号にも生ぬるい視線を投げかけられたが、これは日秋のイヌとして当然の権利であり義務でもあるのだ。

新たに仲間に加わったバルタザール…あの男は油断ならない。貴族然と取り澄ました、ああいうタイプこそ危険なのだ。侵略者《アグレッサー》の勘が告げている。あいつはいつか絶対に日秋をいやらしい目で見始めると。烈は日秋が襲われないよう、毎晩しっかり烈の匂いを擦り込んでおいてやらなければならないのだ。

……だから、そう。これも全部、日秋のため。

烈は無駄に凛々しい表情に欲情を隠し、日秋を横臥させた。日秋はやはり目覚めない。烈が背後にぴたりと重なるように横たわっても、脚を広げさせられても…まだ烈の形に緩んだ蕾に、熱い先端をあてがわれても。

「……ん、……っ……」

ずぷぷ、と腰を進めると、日秋はうっすらとまぶたを開いた。肩越しに烈を見詰める双眸はぼんやりしている。まだ意識は夢の中なのだろう。烈を映して蕩ける瞳が、たまらなく愛おしい。

「大丈夫だ、日秋。俺が付いてるから安心して寝てろ」

「う、……ん。烈、……大好き」

ふふっと顔をほころばせ、日秋は再び眠りに落ちる。なまめかしさを増す細腰を引っ掴み、思い切り突き上げなかった自分は世界一の名犬だと称賛されるべきだ。

「…俺も好きだ、日秋。あんただけしか欲しくねえ…」

背後から抱き締め、両脚も絡め、食み締めてくれる媚肉の感触をじっくりと味わう。今宵も腹から溢れるまで注いだ精液は、バスルームでちゃんと掻き出したはずだが、しっとりと濡れた媚肉は烈を甘く歓迎してくれる。

欲望は半分以上、バスルームで日秋に注いでしまった。これなら朝までこのまま、共に眠れるだろう。

目を閉じれば、昼間日秋と共にダイブしたカオスウェブの光景が思い浮かぶ。相変わらず気味の悪い空間に佇んでいたのは、日秋の亡き父俊克にそっくりなクラウドＡＩ、パパだった。

天才と謳われた俊克が十年以上の年月をかけ、文字通り命懸けで完成させたクラウドＡＩが日秋の願いに応えたからこそ、烈は偽アグレッサーに勝利出来たのだ。あの日の真実を聞かされた時は心底驚いた。…パパの異常なまでのスペックと、合理性とはかけ離れた思考パターンに。

偽アグレッサーを止めて欲しいと願われ、パパは最初、支配下に置いたキラー衛星に攻撃させようとしたのだという。日秋はＡＩとしての学習が足りないせいだと思ったようだが、人一人を止めるため、衛星兵器を持ち出すＡＩなんてどこの粗悪品にも搭載されていない。

あれは間違い無く、俊克が意図的にそうプログラミングしたと見るべきだ。どんな手段を使ってでも息子だけは助かるように、息子を脅かす存在は肉片すら残さず消滅させるように、俊克はパパを設計した。パパはその意志に従っているに過ぎない。

……いや、あながちそうとも言い切れねえか？

日秋は烈を、この世で一番大切な存在だとパパに紹介してくれた。パパは穏やかに微笑むだけだったが、現実に帰還する直前、烈だけに聞こえるよう囁いたのだ。

『――私の息子を泣かせたら、消し炭にするぞ』

仮想空間だったにもかかわらず、烈は身体の芯から震え上がった。衛星兵器さえ支配するパパなら、たやすく実行してのけるに違いない。

しかしマスターたる日秋が何も命じていないのに、自らの意志で行動する。日秋を傷付ける者を排除しようとする。それは生きた人間の感情に酷似している。

俊克はよほど日秋を遺して逝くのが心残りだったのだろう。

だからアムリタの目を盗み、自分の代わりとなる存在を造り上げた。そうして誕生したパパは創造主の遺志を受け継ぎ、日秋を守るためだけにカオスウェブを支配したはかりか、キラー衛星まで乗っ取ってしまった。

危険なのは、限りなく人間に似ていても、パパはＡＩだということだ。人間のような善悪の心も、良心も倫理観も持たない。日秋を救うためなら、何のためらいも無く世界を焼き尽くしてしまうだろう。

Ｃｈａｉｎの停止コードが実行されてもアンバーたちが日秋に従うのは、そうなるよう俊克が停止コードに仕掛けを施しておいたからだと烈はひそかに推測していた。たぶんそれは正しかったのだ。

けれど安心しきれなかった俊克は、パパというもう一つの遺産を遺した。世界を滅ぼしかねない物騒すぎる遺産だが、恐ろしいとは思わない。日秋を守るためなら世界が滅びても構わないのは、烈も同じだからだ。

パパも烈の気持ちを察していたからこそ、警告で済ませてくれたのだろう。さもなくば脳神経を焼き切られていたはずだ。

……安心してくれよ、お義父《とう》さん。日秋は絶対、俺が守ってみせるから。

アムリタからも、アウグスティンからも、バルタザールからも。

『君にお義父さんなんて呼ばれる覚えは無いんだけどね』

苛立ちの滲んだパパの声を遠くに聞きながら、烈は日秋を抱き締め、眠りに落ちていった。

■あとがき■

こんにちは、宮緒葵です。『悪の飼い犬』第二巻、お読み下さりありがとうございました！　この本は去年発売された『悪の飼い犬』の続編です。ご好評を頂けたおかげでめでたく続きを書かせて頂けることになりました。

二巻目にしてようやく日秋たちの敵、アムリタと総帥アウグスティンの姿が明かされました。アウグスティンはなかなか癖のある人物ですが、新たに仲間に加わったバルタザールもああいう人なので、敵味方で釣り合いが取れているのかもしれません。

バルタザールは基本的に善良で懐の深い人ではあるのですが、優秀な人にありがちな『自分が出来ることは誰にでも出来る』というタイプです。しかも全く悪気が無いところが始末に負えない。飼い猫がストレスで禿げるまで可愛がってしまうタイプでもあるので、ユリアンはかなり苦労させられたと思います。他人なら離れればいいけど、兄弟ではそうもいきませんからね…。

警察官ではなくなった日秋は、前髪もばっさり切って再スタートとなりました。スレイブから恋人兼可愛いイヌに昇格しても、烈は相変わらず…むしろパワーアップしていますが。両想いになって以来『愛されてる俺…！』オーラを出しまくりで、アンバーや弐号には鬱陶しがられているかと思います。

前作では不遇だったアンバー&弐号と元スレイブ兵士組も、今回はわりと幸せになれているのではないでしょうか。ことあるごとに暴走する烈を取り押さえるのは、ある意味スレイブ時代よりも大変かもしれませんが。

今回書いていて楽しかったのは、クラウドＡＩのパパでした。すぐ物騒な手段に訴えようとするのは学習不足ではなく、そういう仕様です。日秋もハッカーなら気付いても良さそうなのですが、ファザコンで生前の俊克に夢を見ているので…。

今回も引き続き石田惠美先生にイラストを描いて頂けました。石田先生、お忙しいところありがとうございました！　烈のラフを拝見した時は、溢れる愛されオーラに感動しました。前髪を切った日秋もいっそう美人になって、烈が喜びつつも不安になるのがよくわかりますね。

担当のＯ様、今回もありがとうございました。続編の機会を頂けたおかげで、パワーアップした飼い犬を書けました。次もまたよろしくお願いいたします。

お読み下さった皆様、いつも本当にありがとうございます。ありがたいことにこのお話はもう少しだけ続くので、応援して下さいね。

それではまた、どこかでお会い出来ますように。

初出
「悪の愛犬」書き下ろし

CHOCOLAT
BUNKO

この本を読んでのご意見、ご感想をお寄せ下さい。
作者への手紙もお待ちしております。

ショコラ公式サイト内のWEBアンケートからも
お送りいただけます。
http://www.chocolat-novels.com/wp_book/bunkoenq/

悪の愛犬

2023年6月20日　第1刷

著　者:宮緒葵
発行者:林 高弘
発行所:株式会社　心交社
〒171-0014　東京都豊島区池袋2-41-6
第一シャンボールビル7階
(編集)03-3980-6337 (営業)03-3959-6169
http://www.chocolat_novels.com/
印刷所:図書印刷 株式会社

つがいは目隠し竜に堕ちる

宮緒 葵

イラスト・みずかねりょう

「そなたに愛されたい。
…ほんの少しで良い」

不幸続きの人生のため〈疫病神〉と呼ばれていた高校生・光希は、ある朝電車に撥ねられ、気づくと緋と藍の瞳の美しい男に犯されていた。光希を「我がつがい」と愛しげに呼ぶ男はラゴルト王国の大魔術師にして竜人のラヴィアダリス。彼のつがいでありながら違う世界に生まれたことが光希の不幸の原因だった。冷たくしても罵ってもラヴィアダリスは嬉しげに纏わりついてきて、あまつさえ光希が恐れた双眸を抉り差し出すが――。